「お願いだ、メイナ」
懇願するように言って、レイは私がつけている髪飾りに触れた。

Contents

髪結師は竜の番《つがい》になりました（やっぱり間違いだったようです）

私は髪結師《かみゆいし》だ。

髪結師という名前だけど髪を結《ゆ》うだけが仕事じゃなく、髪を切ったり、ケアをしたり、その人に似合う髪型を考えたり、髪に関する事なら何でもやる。

私はこの仕事が好きだし、誇りを持っている。仕事をしていると充実感も得られる。

だからそれ以外の事——例えば恋とか——には全《まった》く興味がなかった。

だけど五日前にとある男性と出会った事で、仕事だけだった私の毎日が少し変化した。


「見つけた。君が僕の番《つがい》なんだね」

私がレイ・アライドという竜人《りゅうじん》男性にきらめく瞳でそう言われたのは、五日前の夜会での事。

彼はお隣の竜の国——バクスワルドの騎士で、その夜会には自分が仕《つか》えるバクスワルドの王子のお供《とも》で参加していたらしい。

「番って何です？」

「竜人にとっての運命の人のようなものだよ」

「運命の人……」

美しく笑って言うレイに、私は小さく繰り返した。

突然の告白には驚いたけれど、金色の髪と瞳を持ち、竜人にしては物腰が柔《やわ》らかく、まるで物語の中に出てくる王子様のように容姿端麗《たんれい》なレイにアプローチされて、ちょっとポーッとしてしまったのは認める。

私はもう二十歳になるけれど今まで恋をした事がなかったので、あまりこういう事に免疫がない。

地方の街で理髪店を営《いとな》んでいる両親のもと、子どもの頃から髪の事を学び、二年前からこの国――ミュランの王女の専属髪結師になったので、恋にかまけている暇はなかったから。

「竜人には、全員に必ず番が現れるわけじゃないんだ。むしろほとんどの竜人は、この国の人間たちと同じように普通に恋をし、少しずつ愛を育《はぐく》んでいく。番を得られるのはとても幸運な事なんだよ」

レイはとても嬉しそうに、喜びを抑え切れないというような表情を浮かべてそう言った。

「……そうなんですか。でもあの、私、あなたの事何も知らないし、それにこの夜会に出ているとはいえ、私は貴族令嬢でも何でもないんです。私はミュランの王女パトリシア様の髪結師で、今日もパトリシア様の髪が途中で乱れたりした時のために待機しているだけで……」

一応この場の雰囲気に合うようなドレスを着て、毎日お手入れを欠かさない黒い髪を夜会仕様に結っているけれど、王女の髪結師というだけの一般市民だ。

「そんな事気にしないよ。僕はバクスワルドの貴族の出身ではあるけれど、身分の事はどうでもいいんだ」

レイはすぐさまそう言った後、少し眉を下げてこう続けた。

「でも、そうだね。君は僕の事を知らない。まだちゃんと自己紹介していなかったから。突然変な事を言ってしまってすまない。どうか気味悪がらないでほしい」

レイは私という番を見つけて興奮している一方、困惑する私の気持ちも大切にしてくれた。だからそれからは一歩引いて、自己紹介から始めてくれたのだ。私にとって馴染《なじ》みのない『番』という言葉をあまり出さないようにして、紳士的な態度で接してくれた。

そして夜会から三日後。

「レイさんは、明後日にはバクスワルドに帰られるんですよね？」

ミュランの城に滞在している間、毎日時間を見つけては私の顔を見に来てくれていたレイに尋《たず》ねた。せっかく知り合えたのにレイが帰ってしまうのは寂しいなと、少し思い始めていたのだ。

「レイで構わないよ。そう、僕はダリオ殿下の護衛でついて来ただけだから、殿下が国に帰られる明後日には僕も一緒に帰る事になる。でも近いうちに必ず君に会いに来るよ。それに手紙も送る。そうやってお互いの事を知ってもしも僕の事を好きになってくれたら、いつかバクスワルドに来る事も考えてほしい。何年か先になっても構わないから」

「本当は、明後日帰る時に君の事も連れて帰ってしまいたいんだけど」と、レイは冗談とも本気ともつかぬ口調で続けた。

今、私は『王女付きの髪結師』というとても光栄な立場にいるし、このままパトリシア様の髪結師をもう少し続けたいとは思う。

だけどレイの言うように、いつかバクスワルドに行くのも悪くないかもと思った。竜人の女性たちはどんな髪型をしているのか見てみたいし、バクスワルドで自分の店を開くっていうのも素敵《すてき》だ。

そして私の側《そば》にはレイがいて――……。

数日前に出会ったばかりの男性に夢を見て、そんな事を考えていたのは今思うと馬鹿《ばか》だった。私は初めての恋の予感に浮かれていたのだ。

浮足立った気持ちのまま、その翌日もレイと庭を散歩し、庭師が大切に育てている花を二人で見ながら、私はふと、自分には彼に伝えておかなければならない事があると気づいた。

「花で思い出したんだけど、一応伝えておきたい事があって……」

そう切り出して、私より背の高いレイを見上げる。ただ散歩しているだけなのに、彼はとても幸せそうな顔をしていた。

「私の種族の事なんだけど、私、〝花人《はなびと》〟なの」

「花人？」

「ええ、きっと人間だと思われているだろうなと思ったから、早めに伝えておこうと……」

花人とは、人間と交わった花の妖精を先祖に持つ種族の事で、何を隠そう私もその花人なのだ。

つまり私の遠いご先祖様は花の妖精だったわけだけど、現在の花人たちの容姿は人間と変わらない。花人の方が小柄で華奢《きゃしゃ》な人は多いかも……というくらいだ。

その他の違いは、花人はみんな魔力があるけど人間の大多数は魔力を持たないとか、人間に比べて冬の寒さに弱いとか、花人は華やかな物や事を好みがちとか。

私が女性の髪を結うのが好きなのも、もしかしたら華やかな事が好きな花人の性質が影響しているのかも。

「だけど私の周りにいた花人は自分の親くらいだし、一家で普通にこの国の人間社会の中で生きてきたから、あまり自分が花人だという自覚はないの。ほとんど人間と変わらないと思ってる」

「花人……。そうだったんだね。気づかなかった」

そう言うレイに、私は苦笑して返す。

「花人だと言うと、いつも驚かれるの。みんなは花人に、可憐《かれん》で気ままなイメージを抱いているみたいだから。だけど花には色や形の違う様々なものがあるように、花人にも色々いるんだと思う。私は日陰に咲いているような地味な花なのよ」

「そんな事ないよ。僕には君は輝いて見える。誰よりも美しいと思うよ。それに人間でも花人でも、君が僕の番である事に変わりはないからね。種族は関係ない」

そう言い切るレイに、私はいくらか安心してほほ笑みをこぼした。

レイも竜人という人間とは違う種族だから、花人である私の事もすんなり受け入れてくれたのかも。

しかしその後も散歩を続けていると、レイは突然ハッとして宙を見つめ、動きを止めた。そして僅《わず》かに眉根を寄せて、表情を険しくする。

「レイ？」

「あ、ごめん」

レイはこちらを見てほほ笑んだけれど、その笑みはいつもよりぎこちない。

私は不思議に思いながらも、レイは何が気になったのかを聞けなかった。

そしてレイの態度がおかしくなったのは、その翌日、レイが国に帰る当日の事だった。

見送りのために外に出て彼に駆け寄った私に、レイは困ったようにこう言ったのだ。

「僕が今まで言った事は全て忘れてほしい。すまないが、君は僕の番じゃなかったみたいだ」

「え？」

レイの冷たさすら感じさせる表情に私はたじろいだ。

「番じゃなかったって……？」

「うん。間違えたんだよ」

誠実な人だと思っていたのに、この時のレイの口調はとても軽薄だった。

今までの甘い雰囲気は何だったのか。私の事を宝物のように見ていたのは何だったのかと混乱する。

「……そんな事、あるの？　私は竜人じゃないからよく分からないけど、番を間違えるって……」

「だから、すまなかったって言ってるだろう。悪かったよ。でも間違いなのは確かだ。僕は君にもう何の魅力も感じていない。だから君も僕の事は諦《あきら》めてくれ。さようなら、メイナ」

ダリオ殿下や仲間の騎士たちと共に馬に乗って帰っていくレイを啞然《あぜん》として見送りながら、私は「は？」と小さく呟《つぶや》いた。

「何それ……。『僕の事は諦めてくれ』って……」

向こうからアプローチされて、私も相手の事をいいなと思い始めていたところだったから、浮かれていた時に頭から水をかけられたような気持ちだ。

レイたち竜人一行の後ろ姿は段々小さくなっていく。けれど私は握った拳《こぶし》をプルプル震わせつつも、どうする事もできずにただその場に突っ立っていた。

まだ混乱していて上手《うま》くものを考えられないが、ふつふつと湧き上がってくる怒りは、レイに対するものより自分に対するものの方が大きい。

私はぐっと歯を食いしばって思った。

（本当に私って馬鹿。自分はああいう軽薄な男の人には騙《だま》されないって思ってたのに、舞い上がっちゃって……）

自分は慎重な人間だと思っていたのに、そうではなかったようだ。

「これはいい経験になったと思うべきかしら。本気で恋をする前でよかったって……」

暗い顔をして一人でブツブツ呟いていると、バクスワルドのダリオ殿下を見送りに来ていたパトリシア様も、こんな事を呟きながら侍女たちと共にこちらに近づいてきた。

「彼らはドラゴンに姿を変えられると聞くし、ドラゴンになって飛んで帰れば速いのに。ねぇ、そう思わない？　メイナ」

まだ十六歳のパトリシア様は、どこかあどけない可愛らしい表情で私に言う。

「……そうですね」

「ダリオ殿下は今日も私の髪を褒めてくださったわ。とても綺麗《きれい》に結っているって。メイナのおかげね」

「……それはよかったです」

「専属の髪結師を雇っていると言ったら、驚いておられたわ。確かに王族や貴族でも、髪結師をわざわざ雇う事はしないものね。普通は世話をしてくれる使用人に髪も整えさせるものだから」

「……髪結師という職業は、まだあまり浸透していませんからね。私ももっと……恋なんかしてないで……頑張らないと……」

「あら？　どうしたの？　メイナったら元気がないみたい」

パトリシア様はぱちぱちと目を瞬かせた後、ぱんと手を叩いた。

「……あ！　分かったわ！　メイナはあの金髪の騎士との別れが辛《つら》いのね！　彼に番だと言われてアプローチされていたし、メイナも満更《まんざら》でもなさそうだったものね」

「や、やめてください」

今となっては浮かれていた自分が恥ずかしい。

私が先ほどのレイの態度を説明し、どうやら彼の運命の人ではなかったらしいと言うと、パトリシア様は目を丸くして「どういう事？」と困惑していたが、侍女たちはクスクスと笑っていた。

美形のレイに髪結師なんかが言い寄られているって何気にやっかまれていたから、彼女たちにとってはいい気味なのかも。

でも笑われても仕方がない。私もこれで懲《こ》りた。

後ろに影を背負い、暗い声で淡々と言う。

「これからは私、仕事に生きます。まだ半人前のくせに恋をしようだなんて駄目《だめ》だったんです。今日からはまた髪を愛し、髪を慈《いつく》しみ、髪の事だけを考える日々に戻ります。それが私の幸せなんです、きっと……」

「な、何だか可哀想《かわいそう》……。一気にやつれたように見えるけど大丈夫？」

しょんぼりと肩を落とす私に、パトリシア様は同情を禁じ得ないというように眉を垂らし、さすがの侍女たちも憐《あわ》れみの目を向けてきた。

でも髪の事だけ考えて生きるのは、強がりじゃなく私にとっては本当に幸せな事だから。

あの、本当に……。


私の朝は自分の支度を整える事から始まる。髪結師なので、もちろん自分の髪も毎日きちんと結うようにしている。

とは言え、この国では女性たちは髪結師でなくともみんな髪を長く伸ばし、それを毎日結っている。それがこの国では当たり前だから。

女性は髪が長いものだし、ほどいた髪で人前に出るのは、はしたない事なのだ。けれど貴族や王族ではない一般の女性たちは、髪を結うと言っても、後ろでお団子にしてみたりするだけ。手入れにもそこまで時間をかけていない。

毎日忙しいから髪にばかり気を遣っていられないのだろう。

「今日はどんな髪型にしようかな」

鏡に映る自分の姿を見て呟いた。私の黒い髪は胸の下辺りまで伸びていて、毎日丁寧《ていねい》に手入れしているおかげか艶《つや》がある。毛先には少し癖があって内側に巻いているけれど、自慢の髪だ。

「編み込みを作って、横でお団子にしよう」

今日の髪型を決めて、手早く髪をまとめていく。前髪は残して、前髪の上の髪を編み込みに。そして残りの髪は右耳の後ろでお団子にする。普通にお団子にするときっちりと堅い印象になってしまうので、今日は緩《ゆる》い三つ編みを作ってからそれをさらに崩し、ピンでまとめてお団子にした。

最後に髪飾りだが、今日はお団子の上に銀色の蝶《ちょう》の髪飾りをつける事にした。高級な宝石ではないけれど、羽の部分には蝶の模様《もよう》のように青い石が埋め込まれている。

私の目の色が明るい碧色《あおいろ》なので、髪飾りの色はそれに合わせる事も多い。髪飾りは髪の色に合わせると埋もれてしまうので、目の色かドレスの色に合わせると無難《ぶなん》だ。

「可愛くできた。さぁ、今日も頑張ろう」

髪型をおしゃれにすると気分も上がる。昨日レイにこっぴどく振られたというのに、鏡の中の私は自然にほほ笑んでいた。髪型の効果は偉大だ。

それに実際、レイの事も、もうどうでもよくなってきた。やっぱり本気で好きになる前に振られてよかったと思う。彼に翻弄《ほんろう》されたのはたった五日間の事だし、『失恋の傷』というほどのものも今の私の心にはない。一晩寝たら、結構あっさり吹っ切る事ができた。

「そろそろパトリシア様のところに行かないと」

私は自室を出て、雇い主の王女のもとに向かった。

「おはようございます、パトリシア様」

「おはよう、メイナ」

パトリシア様は使用人たちに世話をされて、すでに薄く化粧を施《ほどこ》されていた。あとは私が髪を整え、ドレスを着れば完璧なお姫様の出来上がりだ。

「何かリクエストはありますか？」

「いいえ。今日もメイナに任せるわ」

寝巻き姿のパトリシア様に近づき、寝る時に三つ編みにしていた髪を解いていく。

パトリシア様の髪はお尻の辺りまであるので、そのままにしておくと寝ている時に自分の体で自分の髪を下敷きにして、痛い思いをする事になるのだ。

使用人が用意しているパトリシア様の今日のドレスや首飾りを見ながら、似合う髪型を考える。

「メイナ、大丈夫？」

「……昨日の事ですか？」

すぐに察してそう返すと、パトリシア様は気の毒そうに続けた。

「あの人……レイだったかしら？　誠実でいい人そうに見えたのにね。彼はダリオ殿下の近衛《このえ》騎士だから、私がダリオ殿下と話している時、たまにレイとも話す事があったのよ。その時はとても常識的な人に思えたわ。メイナの話を振ったら、嬉しそうに控えめにほほ笑んだりして。あの表情も嘘だったのかしら？」

「分かりません。嘘だったのかもしれないし、その時は本気だったけど気が変わったのかも」

私が肩をすくめて他人事のように言うと、パトリシア様はホッとした顔をしてくれた。

「あら、よかった。そんなに傷ついてはいないみたい」

「昨日はショックでしたが、思えば私、傷つくほどあの人の事知らないんです」

「そうよね。知り合って数日だもの」

「そうです、そうです」

ウンウンと頷《うなず》きながら、パトリシア様の薄い金色の髪を少しずつ手に取り、撫でていく。パトリシア様の髪は細く、癖毛なので、すぐに絡まるし傷みやすい。けれど私が毎日お手入れをしているので状態はよく、ふわふわで触り心地がいい。

でも今日は傷みやすい表面の髪や毛先に少しザラつきを感じる。

「魔法の効果が切れてきたみたいです。いつもみたいに魔力を込めますね」

「ええ、お願い。目に見えて違いが出るから、もうメイナの魔法なしでは生きられないわ」

「そんな大げさな」

魔法と言いつつ、実は私は魔法は使えない。魔力はあるけど、魔法を学んだ事はないからだ。

私がするのは、髪を撫でながら髪に魔力を込めていくだけ。綺麗になぁれ、と心の中で呪文のように唱《とな》えながら髪を撫でれば艶が出て、光が当たればキラキラと輝き出すのだ。嘘みたいだけど効果は抜群《ばつぐん》。

けれどその効果は三、四日もすれば薄れていくので、定期的にやり直さなければならない。

「これって、魔法で髪の質を向上させているの？」

「いえ、おそらく魔力で髪の表面をコーティングしているだけだと思います。だから数日で取れてしまうんです」

パトリシア様の疑問に、髪を撫でながら答える。

するとパトリシア様は、目の前にある大きな鏡越しに私を見て続けた。

「花人って、みんな魔力があるのよね？」

「ええ、そうだと思います。私も花人の研究をした事はないのでよく分かりませんが……」

パトリシア様にも私が花人である事は伝えてある。けれどパトリシア様は華やかで可憐だし、私よりよっぽど花人のようだ。

ちなみにこの世界には、花人の他にも変わった種族がいる。竜人もそうだ。彼らの事は竜人と呼ぶのが普通だけど、〝空人《そらびと》〟と呼ぶ事もある。

彼らはドラゴンを先祖に持つ種族なのだ。

そして他には人魚を先祖に持つ〝海人《うみびと》〟、精霊の〝森人《もりびと》〟、悪魔の〝闇人《やみびと》〟がいる。

花人と海人が人間と深く交流を持ち、妖精や人魚の元の姿を失い、持って生まれる魔力も減少傾向にあるのに対して、森人と闇人はほとんど人間と交わってこなかったので今でも強い魔力を持っている。

闇人の外見は元々人間に似ているらしいけど、寿命は人間よりも長く、花人や海人を軽くしのぐ魔力を元に高度な魔法を使うようだ。

数こそ少ないけれど、闇人はそこにいるだけで周囲に混乱と恐怖をもたらす、あまり関わりたくない存在だ。争い事が大好きらしいから。

一方、森人も魔力量が多く魔法の扱いに長《た》けているけれど、森の中で自然と共に生きる善なる存在だと聞く。

そして空人である竜人の魔力量は、魔力少なめの花人・海人と、多めの闇人・森人の中間くらい。そして外見も、人間の姿にもドラゴンの姿にも変わる事ができる。

また、この世界にいる種族の数としては人間が圧倒的多数で、その次に自分たちの種族だけで一つの国を作っている竜人が多い。あとの花人や海人、森人や闇人の数はよく分からないが、少ないのは確かだ。

「さぁ、髪が輝きを取り戻しましたよ」

窓から差し込む白い朝日を浴びて、パトリシア様の波打つ髪は細かな宝石を散りばめたように輝いていた。思わず見とれてしまう、うっとりするほど美しい髪だ。

パトリシア様も鏡を見ながら満足げに言う。

「自分の癖毛の髪は扱いにくくて大嫌いだったけど、今では大好きよ。もうメイナの事は手放せそうにないわ」

「ありがとうございます。でも髪にかける魔法は、髪に対する愛があって魔力もある人なら、きっと誰でもできると思いますよ」

「その『髪に対する愛がある人』を探すのが難しいのよ。メイナみたいに髪の事ばかり考えている人はなかなかいないもの」

パトリシア様はちょっと笑って言った。褒められているのか分からなかったので、私は「なるほど」と神妙に頷いておいたのだった。

朝、パトリシア様の髪を結った後は、私はわりと自由な時間を過ごす事ができる。私の主《おも》な出番は朝と夜なので、日中は新しい髪型を考えたり、素敵な髪飾りを探しに行ったり、城にやって来る国内外の貴族たちの髪型を密《ひそ》かに観察したりしながら過ごしている。

今日も自室で新しい髪型のデザインを描いていると、使用人が部屋を訪ねて来た。「パトリシア様が呼んでいる」と言うので王女の私室に向かう。

パトリシア様は仲良しの侍女三人とテーブルを囲んでお茶をしているところだったけれど、雰囲気は楽しげではなかった。

パトリシア様の表情は暗く、侍女たちがそれを励ましたり慰めたりしている。

「パトリシア様、メイナです。どうされたんですか？」

「メイナ……」

元気がない様子でパトリシア様は顔を上げてこちらを見た。そしてため息をついてこう言う。

「私、バクスワルドに嫁《とつ》ぐ事になったわ」

「……ダリオ殿下との結婚が正式に決まったんですね」

パトリシア様と竜の国バクスワルドの王子との結婚話は公《おおやけ》に情報開示されていたわけではないが、少し前から城の中を賑《にぎ》わせていた。

秘密にしていても話は漏《も》れてしまうものだし、昨日までダリオ殿下がこの国にやって来ていた目的もパトリシア様との結婚の話を進めるためではないかと、使用人たちも噂していたのだ。

王座を継ぐのは兄王子なので、妹のパトリシア様はバクスワルドとの友好関係を強化するために政略結婚する事になったのだろう。

「だけど思ったよりも早く決まりましたね」

「ええ、カザルスの事もあるから」

カザルスとは、ミュランとバクスワルド両国と国境を接する小さな国だ。ミュランに対して友好的ではないので、私はあまりいい印象を持っていない。竜人の国であるバクスワルドの事は驚異に感じているのか、一応下手に怒らせないようにしているみたいだけど。

パトリシア様はまたため息をついて続ける。

「カザルスからこの縁談に横槍《よこやり》が入りそうになったから、輿入《こしい》れの予定が早まったのよ」

カザルスとしては、パトリシア様とダリオ殿下が結婚して、両国の結びつきが強まるのは避けたいのだろう。

とは言え、今回の話が持ち上がったのは、ここ数年勝手な行動が目立つカザルスを牽制《けんせい》するためでもあると思う。自分が身勝手な事ばかりしているからこうなったのに、いざミュランとバクスワルドが協力態勢を取ったらそれに横槍を入れようとするなんて。

暗い顔をしているパトリシア様に、私はおずおずと言う。

「おめでとうございます、と言っていいのでしょうか？　落ち込んでいらっしゃるようですが……」

十六歳のパトリシア様と十八歳のダリオ殿下は歳も近いし、政略結婚とはいえおめでたい事だが、本人はやはり愛する人と結婚できない事が辛いのだろうか、と気を遣いつつ言う。

けれどパトリシア様だって、王女として生まれたからには好きな人と添い遂《と》げられないという事は分かっていたはず。

パトリシア様は不機嫌に眉根を寄せて言う。

「だって相手は竜人よ？　もしかしたら私と結婚した後で番を見つけてしまうかもしれないじゃない」

私も困ったように眉根を寄せて返した。

「うーん、確かにそうですね。そうなったらどうなるんでしょう？」

「ダリオ殿下はもし自分の番を見つけても、彼女には何の権力も立場も与えないと約束してくださったわ。番が見つかったからと言って私と離婚する事もないって。でもそんなの実際どうなるか分からないじゃない。私の事は放っておいて、密かに番のもとに通うようになるかもしれない」

「竜人の番に対する想いは、私たちではよく分かりませんものね」

「それにもちろん異国に嫁ぐのも不安だわ。言葉は同じだけど、バクスワルドは竜人ばかりの国。人間の国とは文化が違うもの」

「そうですよね……」

私は何とかこの結婚に希望を持たせてあげたいと、明るい声を出して続けた。

「でも、ダリオ殿下は素敵な方でしたよね。明るくて快活で、器《うつわ》の大きそうな方です。それに将来のバクスワルド王妃になれるなんて、素晴らしいですし……あとは、そう！ 異国に嫁ぐと言っても一緒について行く者がたくさんいるでしょう？ 向こうでもお世話をしてくれる馴染みの使用人とか」

「そんなの連れて行けないわ」

パトリシア様は唇を尖《とが》らせて即座に言った。

「嫁げば、使用人も護衛もバクスワルドの竜人たちになる。こちらの人間を簡単に向こうの城には入れられない。私は基本的に一人で行くのよ」

「そういうものですか」

私は小さな声で呟いた。けれどよく考えればそれはそうか。他国から嫁いできた王女が自分の取り巻きをたくさん連れて来るのは、バクスワルドの人たちにとっては歓迎できないだろう。私はちらりと侍女たちを見たが、彼女たちはこの国の貴族令嬢なので尚更《なおさら》簡単にバクスワルドには行けない。

お喋《しゃべ》り相手の彼女たちがついて行けたらパトリシア様も少しは楽しく過ごせるだろうけど。

「という事は、パトリシア様の結婚式の時に髪を結うのも私ではないのですね」

私はそれを残念に思いながらも、バクスワルドに行きたいという強い気持ちはないから、仕方がないとも思った。

しかしパトリシア様はそこで獲物を狙う猫のように私を見たかと思うと、強い口調でこう言った。

「いいえ、メイナにはついて来てもらうわ。私と一緒にバクスワルドに来て」

「え」

私は動きを止めて固まる。

「バクスワルド側にもメイナを連れて行く許可は貰ってるわ。髪結師という職業はバクスワルドでも一般的ではないから、使用人や護衛のようにメイナに代わる者がいないらしいの。だからメイナ一人ならと、特別に許してもらえたわ」

「え」

「ついて来てくれるわよね、メイナ？」

パトリシア様とお別れしなければならない悲しさが胸にこみ上げていたところなので、感情がついていかない。

私がバクスワルドに行く？

パトリシア様について行くのは構わないし、異国に行くのも構わない。自分が見た事もない文化と出会えるかと思うとわくわくするし、これは私にとってチャンスだとも思う。髪結師として新たな技術や知識を取り入れられるチャンス。

だから「もちろんです！」と胸を張って答えたい一方、「行きたくない」という気持ちを起こさせる一つの要因もある。

それはもちろん、昨日私の事を振ったレイ・アライドだ。

「ついて行きたいのは山々なのですが」

私はおずおずと口を開いた。

「パトリシア様もご存知の通り、私にはあまり再会したくない竜人男性がいまして――」

「知ってるわ！　でもそれくらい我慢して！　だってメイナが来てくれなかったら私……あっちで独りぼっちなの！」

パトリシア様は一瞬声を荒《あら》らげたかと思うと、今度はさめざめと泣き出す。

「ダリオ殿下の事もまだよく知らないし、周りはみんな竜人ばかりで……誰が味方かも分からない。それでもそこに誰か一人知り合いがいてくれたら、私はいくらか安心できるのよ。それがメイナなら尚更だわ。私はあなたの事を信頼しているもの」

「パトリシア様……」

私はぎゅっと自分の手を握った。まだ十六歳のパトリシア様がこんなに不安がっているのに、「振られた相手に会いたくない」なんて理由で彼女の頼みを断れるだろうか？

いや、断れない。

心を決めると、私はパトリシア様をまっすぐ見つめて言う。

「分かりました。私もパトリシア様と一緒にバクスワルドに行きます」

「そう言ってくれると思ってたわ！」

パトリシア様はパッと表情を明るくすると、私の言葉に被《かぶ》せるようにそう言った。

あれ？　さっきまで流れていた涙がもう止まっているような……。

「ありがとう、メイナ！」

抱きついてきたパトリシア様を受け止めながら、したたかに成長している我が国の王女を頼もしく思うべきか、演技に簡単に騙されてしまった自分の愚かさを呪うべきか、私は悩んだのだった。

隣国バクスワルドに嫁ぐ事が決まったパトリシア様だが、彼女がこの国を出る日までは十日しかなかった。一旦婚約してしまったら、あとは迅速《じんそく》に物事を進めていかなければならないのだろう。

そしてパトリシア様について行く私も、十日後には出発できるように慌ただしく準備を始めた。

花人は人間に比べて寒さに弱いし、あまり自覚はないけれど実は体も強くないらしいから、色々と準備が必要だ。

今まで寒いからといって大きく体調を崩した事はないけど、バクスワルドはミュランより気候が厳しいようだから、防寒具などは一応全部持っていった方がいいかもしれない。ついでに夏用の日傘も新調しようかな。

そうして持っていく物を準備すると、地方にいる両親にしばしのお別れを言いに行ったり、その他にもお世話になった人たちに挨拶《あいさつ》をしに行ったりした。

けれど私はパトリシア様と違って、この先ずっとバクスワルドに住む事にはならないと思う。パトリシア様も「メイナを一生拘束《こうそく》するのは申し訳ないし、私がバクスワルドに馴染んだらミュランに戻っても構わないわ。一年くらいはかかるかしら？」と言ってくれたから、とりあえず一年間バクスワルドで生活するつもりで行こうと思う。

そして異国に嫁ぐ娘の事を心配しているらしい国王陛下や王妃様にもパトリシア様の事をよ

ろしくと頼まれたりしつつ、いよいよ出発の日がやって来た。

よく晴れた夏の日、パトリシア様は城の前に集まった国王夫妻や兄王子、貴族やたくさんの民衆に見送られ、豪華な馬車に乗り込んだ。

私もその後ろを静かについて行き、一緒の馬車に乗り込む。

輿入れの隊列は、先頭に騎乗した護衛騎士がずらりと連なり、真ん中辺りにパトリシア様や私の乗る馬車、そして国境までついて来る使用人たちやパトリシア様の嫁入り道具を乗せた馬車を五つほど挟んで、また多くの護衛騎士が後に続いた。

パトリシア様は別れの悲しみと不安から、国王陛下たちと言葉を交わしている時からずっと泣いていたけれど、馬車が走り出して一時間ほどするとやっと涙も涸《か》れてきたようだった。

「少し落ち着きましたか？」

パトリシア様を慰め続けていた私は、彼女の肩をさすったままそう言った。

パトリシア様は鼻をズビズビすすりながら返事をする。

「全然よ。お父様やお母様たちともう簡単には会えないんだと思うと……ううっ、また泣けてきたわ」

少しでもパトリシア様の気分を変えられればと、私はこう切り出した。

「でもきっと楽しい事もたくさんありますよ。竜人の女性たちってどんな髪型をしてるんだろうって思うとわくわくしませんか？　騎士の人たちを見るに、竜人の男性は髪を短くしている人が多いようですし、短い方が男らしいと思っている様子でした。ですが女性はどうなんでしょう？　ミュランと同じように長い髪を結っている人が多いんでしょうか？　ね、気になりますよね？」

「全然気にならないわ」

パトリシア様は泣き腫《は》らした赤い目でこちらを睨《にら》んだ。気にならないなんておかしいな……。

「でも、髪を気にしないでどこを気にするんです？　目立つのはドレスや服装の方かもしれませんが、髪にもその国の文化や流行がよく表れていると思うんです。それに他人がどんな髪型でおしゃれしているのか見るのは楽しいですし、それが異国の人なら尚更です。新しい髪型に刺激を受け、より髪に対する想いを――」

熱く語っていたが、パトリシア様の冷めた視線に気づき、思わず謝る。

「すみません」

うーん、髪の話をしても盛り上がらないなんて。

この話題で駄目なら最終手段に出るしかない。

私は空気を包むように胸の前で両手を構えると、頭の中に明るいオレンジ色のガーベラを思い浮かべた。

そうして手に魔力を込めると――何もなかった空間に、突然思い浮かべた通りの花が現れる。

「パトリシア様、お花を見て元気を出してください」

私は一輪のガーベラをパトリシア様に差し出した。戦闘能力に優れている竜人、魔法に長けている森人や闇人と違って、花人はあまり人の役には立たないけれど、自由に花を出せるという特技はあるのだ。

パトリシア様は花を受け取ってくれたが一輪だけではまだ元気が出ないようだったので、私は色とりどりのガーベラを次々に出してみせた。

馬車の中がいい香りで満たされ、膝の上が花で埋まり、さらにそれが足元にも溢《あふ》れると、パトリシア様はやっと笑顔を見せてくれた。

「ふふっ、こんなにたくさん。とても綺麗だわ」

「まだまだ出せますよ」

調子に乗って花を出していたら、馬車の半分が花でいっぱいになったところで魔力が尽きて、ちょっと疲れてしまった。けれどパトリシア様を笑わせられたのでよしとする。

「ピンク色のものが可愛いわ」

パトリシア様はピンクのガーベラを手に取ると、香りを嗅《か》ぐようにそっと鼻を近づけた。そしてふと小窓の方を見て言う。

「あとどのくらいで国境かしら？」

「まだまだ時間がかかりますよ。馬車はゆっくり進んでいますし。今、城を出て一時間半くらいですから、あと三時間半はかかります」

私は懐中時計《かいちゅうどけい》を見ながら答えた。そして国境に着いても、そこからダリオ殿下の待つバクスワルドの王城に着くまではさらに六時間かかる。

「途中で食事も取るようですが、その前に休憩したくなったらおっしゃってくださいね。少し暑いですから、ちゃんと水分も取った方がいいと思います」

今は八月の終わり。ミュランの四季の変化は穏やかで、夏の暑さも気持ちのいいものだが、気をつけるに越したことはない。

使用人たちは後ろの馬車に乗っているし、国境を越えた後も竜人の女性使用人が数名ついてパトリシア様のお世話をしてくれるだろう。

「ええ、分かったわ。行くだけで疲れてしまうわね」

パトリシア様は指でくるくると花を回しながら答えた。


そして正午を少し過ぎた頃、隊列はミュランとバクスワルドの国境までやって来た。

ここでミュランの護衛や使用人たちとは別れ、パトリシア様は馬車を降りて歩いて国境を越える事になる。

ついて行けるのは私と、パトリシア様の嫁入り道具だけだ。

「あちら側では、もうバクスワルドの竜人たちが待機しています」

私は一足先に馬車を降りて前方を確認してから、中にいるパトリシア様に声をかけた。バクスワルド側の隊列もこちらの隊列と変わりなく、馬に乗った護衛騎士たちがパトリシア様を乗せる予定の馬車を間に挟んでいる。

けれどその他にもパトリシア様を見に来たらしき一般の竜人たちが、少し離れたところで人垣を作っていた。百人近くはいるだろうか。

「あんなにたくさん、バクスワルドの国民がパトリシア様を歓迎するために来てくれたみたいですよ」

「本当？」

勇気づけるように言うと、緊張気味だったパトリシア様の声は少し明るくなる。パトリシア様が馬車を降りると、足元を埋め尽くしていた色とりどりのガーベラも一緒にこぼれ落ちてきた。

「行きましょ」

「はい、パトリシア様」

護衛騎士の隊長や使用人に最後の別れを告げてから、パトリシア様はゆっくりと国境を越えていく。私もパトリシア様の後ろ姿を見つめながら後に続いた。

今日のパトリシア様の髪型は、大人っぽくて洗練されたものを目指した。前髪も含めて髪は全てアップし、頭頂部より少し後ろで扇形《おうぎがた》のお団子にし、そのお団子の前にティアラをさす。

この髪型なら、このままウェディングドレスを着てもぴったり合う。今日の大ぶりの耳飾りとの相性もよく、後ろから眺めつつ自分の仕事ぶりに満足する。

ちなみに今日の私の髪型は、髪飾りも無しで少し地味に結ってある。パトリシア様より目立たないようにと思っての事だ。

そうしてパトリシア様と二人でバクスワルドの護衛騎士たちに近づいていくと、先頭にいた年かさの騎士が馬から降りてパトリシア様の前で膝をついた。

「ここからは我々がパトリシア王女殿下をお守りし、城で待っておられるダリオ殿下のもとまで無事にお連れ致します。さぁ、こちらへ」

立ち上がって、豪華な白い馬車まで案内してくれる。しかしパトリシア様がその馬車に乗ろうとした時、周囲にいた一般の竜人たちが声を上げ始めた。

「結婚反対ッ！」

「え？」と、私は驚いて彼らの方を見る。

彼らはパトリシア様を歓迎するためにここに集まったんだと思ったのに。

でも彼らの表情をよく見てみると、パトリシア様を見る目は決して好意的なものではなかった。

「わがまま王女はミュランに帰れ！」

「金遣いの荒い王女に我々の税金を使い込まれるのはごめんだ！」

何て事を言うのだと、私はさらにびっくりして目を丸くする。

金遣いの荒いわがまま王女？　一体誰がそんな事を言い出したのか。少なくともミュランではそんな事は言われていない。国民がパトリシア様に持つイメージは『明るく可憐な末王女』といったところではないだろうか。

若いがゆえの奔放《ほんぽう》さは持っているものの、ちゃんと優しさも持っているし、高級なドレスや装飾品を買ったりはするけれど、使う金額は王族としてはおかしくない額だろうと思う。

「何……？」

パトリシア様はショックを受けたように目を見開き、顔を青ざめさせた。

「結婚反対！」

竜人たちの集団は興奮したままこちらに近づいて来る。最初は歩いていたけれど、徐々《じょじょ》に小走りになってパトリシア様の方に詰め寄って来た。

「馬車にお乗りください。彼らは我々が止めます」

年かさの竜人騎士はそう言ってパトリシア様と私を急いで馬車に乗せ、扉を閉めた。そして彼が御者《ぎょしゃ》に「進め！」と指示を出すと、馬車は騎士たちに守られながら動き出す。

しかし数メートル進んだところで、結婚に反対する竜人たちが前に立ち塞《ふさ》がって馬車を止めた。

「どけッ、お前たち！　こんな事をしても何にもならん！　結婚はもう決まった事だ！」

外で騎士が怒鳴っているが、竜人たちも負けじと言い返す。

「騎士のくせにバクスワルドの未来を案じていないのか！　ダリオ殿下にはもっといい妃《きさき》がいるはずだ！」

結婚反対！　という大合唱が馬車を包み込む。

彼らは結婚反対を訴えるだけでパトリシア様に危害を加える気はないようだったが、騎士と言い合ううちに興奮したらしい誰かが、ついに馬車に手をかけた。外から強く押されて馬車が僅かに揺れる。

「怖いわ」

隣で泣きそうになっているパトリシア様を抱きしめ、私も顔をこわばらせた。ミュラン側では国境までついて来てくれた騎士たちが心配しているだろう。

「触るな！　捕《つか》まえろ！」

騎士がすぐに馬車を押した竜人を拘束してくれたようだが、周囲で大人数が揉《も》み合いになっているらしく、馬車の揺れは次第に激しくなっていく。誰かがまた馬車を押したのか、それとも揉み合ううちに体がぶつかってしまっているのか……。

「何なの!?　私が何をしたって言うのよ」

パトリシア様は体を縮こまらせて自分を抱きしめた。いつ結婚に反対する竜人たちが馬車に乗り込んでくるかと思うと私も怖い。

（どうしよう）

さすがに他国の王族であるパトリシア様に手を出しはしないだろうが、私は殴られたりするかも。

――なんて、そんな事を考えていた時だ。

遠くから、低く震える獣の咆哮《ほうこう》が聞こえてきた。その声は一つではなく複数ある。しかも段々こちらに近づいてくるようだ。

「きゃあ！　何!?」

パトリシア様が怯《おび》えて耳を塞ぐ。大気を震わせるその咆哮は、間近に迫ってくると馬車をもビリビリと細かく揺らした。小窓のガラスが割れそうだ。

「もしかしてドラゴンでしょうか!?」

私は耳をつんざく咆哮の中で声を張り上げた。

「誰かがドラゴンに変化したのかもしれません！」

結婚に反対する竜人たちか、騎士たちか、それとも両者とも姿を変えて喧嘩《けんか》しているのかもしれない。

けれどこんなところでたくさんのドラゴンに暴れられたら、私たちは馬車ごと潰されてしまう。

しかしその心配が現実になる前に、周囲はしんと静まり返った。ドラゴンの吠え声もやんでいる。

「どうなったの？」

パトリシア様がそう呟くと同時に、馬車の扉が外から開けられた。私は思わず身構え、パトリシア様の盾《たて》になる。

けれど中に入って来たのは、

「王女殿下、ご無事で――……」

金髪の王子様――もとい、私を振ったレイ・アライドだった。

騎士なのに王子みたいな容貌をしているなんて紛らわしい、と変なところに文句をつけてみる。

レイはパトリシア様の前にいる私を見ると、分かりやすく目を見開いて固まった。入ってきた時はわりと冷静な顔をしていたのに。

「どうも」

私が他人行儀な態度で挨拶すると、レイは少し怒っているような低い声で言う。

「何故《なぜ》、君がここにいる」

「私はパトリシア様の髪結師なので一緒に来たんです」

「私が頼んだのよ」

パトリシア様が付け加えると、レイは目だけ動かしてちらりとパトリシア様を見て、またすぐに私に視線を戻した。

そしてこんな事をのたまう。

「僕を追ってきたわけではないんだね？」

普段はそんなに短気ではない私だけれど、その言葉にはさすがにカッとなって馬車の中で立ち上がってしまった。

「そんなわけないでしょ！」

レイに未練があると勘違いされるのが嫌で、私は強い口調でこう続ける。

「あなたの事なんて、もうこれっぽっちも気にしていないから。私は仕事でバクスワルドに来たんです。自惚《うぬぼ》れないで」

そうして私がレイの事をじっと睨みつけた時だ。

「おい、レイ。王女は無事か？」

外から誰かの声がして、レイはハッと我に返ったようだった。私とパトリシア様を馬車から降ろし、パトリシア様をとある青年の前に連れて行く。

青年の短く刈り込まれた髪は銀色で、レイより背が低いけれど筋肉質だった。そして日に焼けている肌は若くて張りがある。

彼がバクスワルドの王子、ダリオ殿下だ。

「パトリシア、よく来てくれた。しかし着いて早々こんな騒動……すまなかったな」

結婚に反対していた竜人たちは、何人かが縄で拘束されていた。けれど拘束しなくても、自国の王子を前にした彼らはすでに大人しくなっている。

「殿下」

パトリシア様はそっとダリオ殿下に近づき、ダリオ殿下はパトリシア様を慰めるように肩に手を乗せた。

「城でお待ちになっているはずでは？」

「いや、暇だったからレイたち近衛を連れてここまで来てみたんだ。だが、来てよかった」

「先ほど聞こえた咆哮は、ドラゴンに変化した殿下たちの声なのですか？」

「そうだ。馬で来たんだが、向こうの丘からこちらの騒動が目に入ったから」

丘の方へ目をやると、馬たちが主人を追ってのんびりこちらへ向かって来ていた。

ダリオ殿下は暴動まがいの行動を起こした竜人たちを見てから、改めてパトリシア様に言う。

「彼らの処分は適切に行う。どうか安心してほしい。だが、彼らも国の事を想うがあまりこんな行動を起こしてしまったようだ」

「その方たち、私の事を誤解しているんです」

「ああ、君に関する根も葉もない噂を信じたようだ」

「一体誰がそんな噂を流しているんです？」

「分からない。調査は続けさせるが、少なくともこの中にはいないようだ。だがあまり気にしない方がいい。将来の王妃になるべく異国の姫が嫁いでくるとなれば、どうしても悪い噂が広まるものだ。性格の悪い姫だったらどうしようという国民の心配が、いつしか『性格の悪い姫が来る』という噂になる」

ダリオ殿下は白い歯を見せて、パトリシア様を励ますように笑った。

「気にするな。パトリシアの本当の姿が国民に知れるにつれ、噂は消えていく。国民もきっとパトリシアの事を好きになっていくだろう」

ダリオ殿下はまだ若さが目立つ年齢だが、とても頼もしい王子に思えた。きっと歳を重ねていけば威厳のある人物になるに違いない。

パトリシア様も少し頬を赤らめて「はい」と答えている。

「ところで――」

ダリオ殿下はそこで私の方を見ると、レイにこう言った。

「彼女は例の、お前の番〝だった〟女性じゃないのか？　どうしてここに？」

「彼女は私の髪結師です。髪結師を一人だけなら連れて来てもいいと許可は貰っています」

「ああ、そうだったな。なるほど、その髪結師が彼女だったのか」

レイは不機嫌そうな顔をしてダリオ殿下とパトリシア様の会話を聞いていた。私がレイの番だと言われていた時、レイが私に見せる顔は穏やかな優しい笑顔ばかりだったので、こんなふうに眉間に皺《しわ》を寄せているのを見るのは初めてだ。

ダリオ殿下は何故かニヤニヤしながら、自分より二つ歳上の近衛騎士を見ている。

そう言えばレイはダリオ殿下の事を王子として敬《うやま》ってもいるけれど、弟のようにも思っているって言っていたっけ。

ダリオ殿下もレイの事を兄のように思っているのか、二人の間に流れる空気は気さくなものに思えた。

でも今はレイの機嫌がすこぶる悪いけど。

「いいことを思いついたぞ」

「やめてください」

ポンと手を打ったダリオ殿下に、レイが即座に言う。

「まだ何も言っていない」

「ろくでもない事を考えついたというお顔をされていましたので」

「そんな事はない」

と言いつつも、ダリオ殿下はいたずら好きの少年のような笑みを浮かべてこう続けた。

「レイをパトリシアの近衛にしよう」

「私を殿下の近衛から外すと？　それにパトリシア様の近衛騎士はもう決まっているでしょう」

レイは片眉を上げて言うが、ダリオ殿下は相変わらず笑っている。

「お前をパトリシアにつけるのは一時的な事だ。もちろんいずれは私の近衛に戻ってもらう。

それに、確かにパトリシアの近衛はすでに決まっているが、信頼するお前がいてくれた方がより安心だ。しばらくは彼らと協力して彼女を守ってくれ。パトリシアもレイなら少しは馴染みがあるから、初対面の竜人ばかりがつくよりいいだろう？」

「ええ、そうですね」

パトリシア様はそう答えつつ、私の方をちらりと横目で見た。

私は今、どんな顔をしているだろう。気持ちが全部顔に出ているとすれば、きっと『レイがパトリシア様の近衛騎士になれば、私も彼と毎日顔を合わせなければならなくなる。そんなの最悪！』という顔をしているだろう。

本当、最悪だ。

バクスワルドの王城は荘厳な城だ。

灰色の石造りの建物で、有事《ゆうじ》の際には要塞《ようさい》にもなるらしい。ミュランの華やかな白いお城とは雰囲気が違うけれど、とにかく大きいので慣れないうちは中で迷子になりそう。

国境付近で一騒動あったけれど、私たちはその後、何事もなく城に到着する事ができた。

途中で何度も花嫁を見に来たらしい竜人たちの姿を道の端に確認する事ができたが、彼らは特にこちらに詰め寄って来たりはしなかった。

結婚に反対していないのかもしれないし、しているけどダリオ殿下がいるから「結婚反対！」

とは叫べなかったのかもしれないし、どちらかは分からない。

「城に勤める竜人たちも、きっと私を嫌っているに違いないわ」

パトリシア様はダリオ殿下の前では笑顔を見せていたけれど、やはり心細いようで、城に入る前には私にそう不安を吐露《とろ》した。

「そんな事ないですよ。パトリシア様が嫁いで来る事を喜んで、歓迎してくれている人もたくさんいるはずです。ほら、外を見てください」

パトリシア様が馬車に乗ったまま入城すると、笑顔を見せたり拍手をしたりして迎えてくれる竜人たちも多かった。

みんながパトリシア様の悪い噂を聞いていて、それを信じているわけではないのだ。

そして私たちは馬車を降り、ダリオ殿下に続いて城の中に入った。

「ここがパトリシアの部屋だ。今は日が沈んで分からないが、昼間は日当たりもよくて明るいぞ。夏だから少し暑いかもしれないが、バルコニーの扉を開ければ風が入る」

ダリオ殿下は自らパトリシア様を部屋に案内してくれた。

パトリシア様のために用意された部屋は、城のいかめしい外観からは想像できないほど可愛らしく豪華だった。

壁紙を花柄のものに張り替え、絨毯《じゅうたん》や調度品などもパトリシア様の好きそうなものに変えたのだと言う。これにはパトリシア様も喜んでいた。

「寝室は隣で……ああ、一ヶ月後の結婚式を終えるまでは寝室は別にしようと思う。衣装部屋は廊下を挟んで向かいの部屋だ。他にもいくつか部屋を空けたから、好きなように使ってくれていい」

「ありがとうございます、殿下」

「今日は疲れただろう。食事の用意をさせるから、食べたらあとは休んでくれ。国王や王妃への挨拶は明日でいい」

使用人たちが食事の準備を始める一方、寝室や衣装部屋には次々にパトリシア様の荷物が運ばれていく。

そして一人の女性使用人に肩を叩かれた私は、私にあてがわれた部屋へと彼女に案内してもらった。

パトリシア様のお気に入りの髪結師と思われているからか、使用人が使う寮や地下ではなく、城の中にある一室を使わせてもらえるようだ。パトリシア様の部屋からはそれほど遠くなく、迷う事はなさそう。

「食事は使用人用の食堂で取ってください。一階の北側です。朝昼晩の食事の時間は決まっていないので、好きな時に行ってください。けれど夜遅くに行くと何も料理が残っていない可能性もあります。浴場も食堂の近くにあります」

「ありがとう」

説明を終え、蠟燭《ろうそく》の火が灯《とも》った燭台《しょくだい》を置いていってくれた竜人の使用人にお礼を言い、部屋を見渡す。広くはないけどいい部屋を与えてもらえてありがたい。

ベッドもすぐに使えるようにしてくれてあるし、文机《ふづくえ》や一人掛けの小さなソファーもある。けれどもちろんクローゼットには何も服がかかってないから、後で自分の荷物を取りに行かなくては。

と、そう考えた時だった。

「これ、君の荷物だろう」

後ろから声がしたのでハッとして振り返る。革のトランクを二つに、大きな手提げ鞄《かばん》を一つ持って扉のところに立っていたのはレイだった。廊下には他にも私の私物が入った箱がいくつか積まれている。

日が落ちて薄暗い部屋の中で、レイの金色の髪と瞳が淡く輝いているのが見えた。

「どうしてそれが私のだって分かったの？」

私の問いに、レイは軽く肩をすくめただけで答えない。

「ありがとう」と、重い荷物を運んでくれた事には感謝しつつも、部屋で二人きりなのは気まずい。

しかも何故かレイはなかなか部屋から出て行かない。荷物を置いた後も部屋を歩き回って、窓やら暖炉《だんろ》、絨毯を調べたりしている。

「何してるの？」

尋ねてみるが返事はない。ベッドまで調べられ始めたのは何だか嫌だったので、私は眉をひそめて続ける。

「そろそろ部屋を出てもらっていい？」

するとレイはやっとこちらを振り向いて言った。

「君はずっとバクスワルドにいるつもりなのか？」

「……ずっとじゃないわ。パトリシア様がこの国に慣れるまで。期間限定よ」

「それは具体的にいつまで？」

「そんなの分からないわ。一年くらいと考えているけど、パトリシア様次第よ」

「一年も？」

顔をしかめるレイに、私も同じような顔をした。一年も私と一緒にいるのは耐えられないのかもしれないけど、私だって私の事を嫌っているレイの側にいるのは嫌だ。お互い仕事なんだから、そこは割り切って我慢してほしい。

「もう出て行って」

私はため息をついて、レイから顔をそらしたまま、彼の二の腕の辺りをそっと押そうとした。

しかしその手は二の腕を包む騎士服に触れる事はなく、代わりに私の手首をレイに掴まれる。

「出て行くのは君の方だ」

レイはこちらに一歩近づき、諭《さと》すように言った。顔の近さに一瞬ドキッとして、私は反射的に後ろに下がろうとする。

するとレイは小さく息をのんで素早く手を離した。

「痛かった？」

「……いえ、そこまでは」

とんでもない罪を犯したかのような顔をしているレイに、私は戸惑いつつ答える。そこまで強く掴まれていないし、そもそも今はそんな事どうでもいい。

レイは僅かに息を吐いてから、また厳しい顔をして話を戻す。

「バクスワルドから出て行くんだ、メイナ」

私の後ろにある燭台がレイの瞳に映って、蠟燭の炎がその中で赤く揺れている。

「一年は長過ぎる。半年……でも長いな。一ヶ月後、ダリオ殿下とパトリシア王女の結婚式が終わったらミュランに帰るんだ」

「どうしてそんな事――」

「いいね？　一ヶ月だよ」

レイはそう言うと部屋から去って行った。

扉が閉まった後、私は側にあった鞄を一旦手に取り、いやこれは駄目だと考え直してから、結局ベッドの上の枕を掴んだ。

そしてその枕を、怒りのままにレイが出て行った扉に投げつける。

「どうしてそんな事あなたに指示されなきゃならないのよ！」


翌朝、私がパトリシア様の寝室に向かうと、扉の前には護衛の騎士が立っていたが、それはレイではなかった。彼はまだ来ていないようだ。

昨日からムカムカしているから、会わずに済んでよかった。

(絶対にレイの言う事なんて聞いてやらない。私が帰る日は私が自分で決めるんだから)

心の中でそんな事を言いながら部屋に入ると、パトリシア様は竜人の使用人女性三人に手伝われて顔を洗っていた。

「おはようございます、パトリシア様。よく眠れましたか？」

「ああ、メイナ。おはよう。知っている顔を見るとホッとするわね。昨日はよく眠れなかったわ」

「今日はバクスワルドの国王陛下や王妃様と会われるんですよね？　髪型は派手過ぎない、慎《つつし》みがあるものにしましょうか」

「ええ、そうしてちょうだい。ただでさえわがままで浪費家だという噂が回っているんだもの」

会話をしながら私がパトリシア様の側に寄ると、一人の使用人の女性が前に進み出てきた。

三人の中で一番背が高く、リーダーっぽい雰囲気の人だ。少し冷たい、厳しそうな顔立ちをしていて、癖のない焦《こ》げ茶の長い髪をポニーテイルにしている。

まっすぐで綺麗な髪だなぁ。

「あなたがメイナさんですね？　パトリシア様の髪結師だとか言う……」

「ええ、そうです」

見下したように話しかけてくる彼女に、私は第一印象が大事だと少し笑顔を見せて答えた。

彼女はその笑顔にはほだされずに続ける。

「私はレベッカです。王妃様から、パトリシア様の世話係を頼まれました。後ろにいるサリ、モナと一緒に、これからは我々がパトリシア様の身の回りのお世話をさせていただきます」

「分かりました、よろしくお願いします。でも髪は――」

「髪も我々が結います。あなたのように髪結師という職業にはついていないものの、主人の髪を整えるのは慣れていますから。それにあなたはバクスワルドの文化をよくご存知ないでしょう。パトリシア様にはこれから、バクスワルド風のドレスを着て、バクスワルド風の髪型をしてもらいますから」

「バクスワルド風のドレスって？」

パトリシア様はちょっと嫌そうな顔をして言った。レベッカさんはトルソーに着せているパトリシア様の今日の衣装を手で指し示して答える。

「ドレスはミュランと大きくは変わりませんが、バクスワルドではパニエでやたらとスカートを膨《ふく》らませたりしません」

確かにスカートのボリュームはミュランのものより無く、すっきりした形だが、レースやフリルは多く使われていて豪華だ。ミュランのドレスと雰囲気はほとんど変わらない。

レベッカさんたち使用人の制服はかなりシンプルだけど、ミュランでも使用人の制服は似たような感じだ。

「スカートを膨らませれば膨らませるほど、腰が細く見えるのに」

「けれど夏はパニエを穿《は》いていると暑いですよ」

「まぁ確かにそうね。バクスワルドの夏はミュランより暑いもの。隣国だと言うのに、気温が結構違ってびっくりしたわ」

パトリシア様は腰が細く見えるパニエの効果を惜しみつつも、レベッカさんにそう言われてドレスの事は受け入れたようだ。

そしてレベッカさんが口を開くより先に、私は言う。

「髪型は……結構違いますよね。ミュランでは女性は必ず髪をシニヨンにして短くまとめていますが、バクスワルドの女性は後ろで一つに縛ったり、高い位置でポニーテイルにしたり、ハーフアップにしている人が多いようです」

ミュランでは縛ってからそれをお団子にしたりしてまとめるのに、バクスワルドの女性は縛るだけ。それに昨日ちらりと見かけた貴族風の御婦人は、つばの広い帽子を被っていただけで髪は下ろしていた。縛る事も結う事もせずに。これは結構衝撃だった。

「きっとバクスワルドの女性たちは癖のないまっすぐな髪を持つ人が多いから、まとめなくても綺麗に見えるんですね。ミュランの人は髪を下ろしていると、癖で跳ねたり広がったりする事があるので、あまり美しく見えないんです。いかにも『気を抜いています』という雰囲気が出てしまって。だから毛先まで全てまとめるんです。レベッカさんの髪も綺麗ですね。でもふんわりした髪型にするのは難しそうです。アイロンでウェーブを作っても取れやすそうですし……」

とレベッカさんの髪を観察し、さらに彼女の後ろにいた二人の使用人にも目を向ける。

さっきレベッカさんが二人を軽く紹介した時にそれぞれを手で指し示していたから、左にいるちょっとつり目のツンとした子がサリさん、右にいる柔らかな雰囲気の子がモナさんだろう。

「サリさんとモナさんでしたよね？　サリさんは白色にも見える金髪がとても綺麗です。髪はやっぱりポニーテイルでまっすぐ、でも毛先だけ外側に跳ねているんですね。モナさんの栗色の髪はシンプルなハーフアップ、長さは私と同じくらいで、癖は……毛先がほんの少し内に巻いていますね。少し触ってもいいですか？　三人ともすごくサラサラで手触りがよさそう――」

「メイナ、もう分かったから。竜人の髪に興奮しないで」

まじまじと三人の髪を見ていたら、パトリシア様に呆《あき》れたように言われてしまった。

「別に興奮していたわけでは……。それじゃあまるで私が変態みたいです」

「髪の変態よ、あなたは」

すげなく返された。使用人の三人からもちょっと引かれている気がする。

レベッカさんは気を取り直したように言った。

「とにかく、パトリシア様の髪は私たちで整えます。バクスワルドでは複雑に髪を結ったりしないので、あなたの技術は必要ありません。パトリシア様は一人では不安だからあなたを連れて来たとも聞きました。だったらここに座って、パトリシア様の話し相手にでもなっていてください。あなたの仕事はそれです」

私とパトリシア様は目を合わせ、困った顔をした。パトリシア様は初日から使用人にあれこれ言うのは嫌なのか、それとも厳しそうなレベッカさんに意見するのは疲れると思っているのか、諦めた顔をしている。今日はレベッカさんの好きにさせてみるようだ。

なので私も彼女たちの後ろに立って、その仕事ぶりを見守る事にした。

けれどいざレベッカさんがパトリシア様の髪を梳《と》かし始めると……。

「痛い！　もっと丁寧にやってちょうだい」

「いえ、丁寧にやっているつもりなのですが……申し訳ありません」

きりっと上がっていた眉を下げ、レベッカさんは困ったようにより一層丁寧に髪を梳かし始める。

人間の女性にとっても竜人の女性にとっても髪は大切なものだから、その髪を傷つけるような事があってはならないとレベッカさんは少し焦《あせ》っているようだ。真面目《まじめ》な人みたい。

けれど結局、パトリシア様は我慢できずにこう訴えた。

「痛いったら！　もうあなたは下がって、メイナに代わってちょうだい。大事な髪が抜けてしまうわ」

「申し訳ありません」

レベッカさんはさすがにここで食い下がる事はせず、ブラシを持ったまま私に場所を譲《ゆず》る。その時にとても悔しそうな顔で睨まれたけど、私は彼女が持っているブラシの方が気になった。

「それ獣毛ブラシですね。少し触っていいですか？」

「別におかしなものは使っていないわ。普通のブラシよ」

ムッとしているレベッカさんにブラシを貸してもらい、触ってみると、毛はしっかりしていて硬かった。イノシシの毛だ。

「パトリシア様の髪は細い上に量も多く、癖毛なので、獣毛ブラシのような目の詰まったブラシでは引っかかってしまうんです。レベッカさんのような直毛のしっかりした髪質の人にはそのブラシは合っていますが、癖の強い髪の人には獣毛……特に固いイノシシの毛のブラシは痛いだけです」

言いながら、持ってきていた四角い鞄を開ける。ここには髪を結ったりケアするのに必要な物が入っている。私はそこからコームをいくつか取り出した。

「ブラシは目の粗《あら》いものを使ってください。こういう四角くて大きなコームがおすすめです。私は最初に目の粗いコームで髪をほぐしてから、少し目の細かいコームで整えています。梳かし方は、上から梳かすと途中で引っかかるので、毛先の方から少しずつやって段々上に上がっていきます。こんなふうに」

「え、ええ……」

「ちなみにコームは象牙《ぞうげ》やべっ甲、骨や金属製のものなど色々ありますし、私も趣味で色々集めてますが、パトリシア様には木製のものを使っています。見てください、これ！　すごくいいんですよ！　行商人から手に入れたものなんですけど、ツゲという木で作られているらしいんです。この木は木目が細かくて緻密なので、堅く丈夫なんだそうです。実際木製のコームって折れやすいんですけど、これは折れた事はないですし、使いやすいですよ」

「そうなの……」

「一つしかないので使う時は貸してあげますね。このツゲのコームに花のオイルやヘアクリームを塗って使うといいです。オイルは髪に艶が出ますが、つけ過ぎるとベタベタになるので気をつけてくださいね。でも乾燥しがちなパトリシア様の髪なら多少多めにつけても大丈夫です。オイルをつけるかクリームをつけるかは、その日の天候や髪型、髪の調子によって変えるといいです。クリームの方が軽い仕上がりになります。あと、これも見てください。花のオイルにもいくつか種類があって――」

「レベッカが困惑しているじゃないの。話はいいから早く髪をやってちょうだい」

楽しくなってきてレベッカさんたちに怒涛《どとう》の勢いで説明をしていると、パトリシア様が再び呆れて言葉を挟んできた。

「すみません」

「変わった人ね……」

大人しく髪を梳かし始めた私を見て、レベッカさんが小さな声で呟いたのだった。


そしてパトリシア様の髪を結い終えた後、私に続いて部屋を出たレベッカさんは、廊下でこう声をかけてきた。

「私たちにあなたの知識や技術を教えてしまっていいのですか？」

私は笑って言う。

「もちろん。あなた方は私をどう見ているのか知りませんが、私はこの『王女付きの髪結師』という地位に固執《こしつ》するつもりはありません。パトリシア様がこの国に馴染んで幸せにやっていけそうだと確信できたら、ミュランに帰るつもりですし。ですから私が持っている知識や技術はなるべくお伝えしたいのです。レベッカさんたちのようにまっすぐな髪を持つ人たちからすると、パトリシア様のお転婆《てんば》な髪は扱いにくいでしょうから。ところで、私は結局パトリシア様の髪型をミュラン風のまとめ髪にしてしまったのに、よかったんですか？」

いつ文句を言われるかと何気にビクビクしていたのだが、レベッカさんは最後まで私が髪を結うのを黙って見ていた。

「ええ……。パトリシア様にはああいう髪型が似合っているように思えたので。竜人の女性は長くてまっすぐな髪を自慢にしている人が多いですが、パトリシア様の髪をまっすぐにするのは難しそうですしね。髪質やその人の雰囲気によって、できる髪型や似合う髪型は違ってくるんだなと思いました」

「ええ、そうですね」

私は頷きを返した。レベッカさんはちょっと頑固な人なのだろうかと思っていたけど、違ったみたいだ。

レベッカさんは少し表情を和《やわ》らげて言う。

「あなたはいつか国に帰るという事なので、私たちもメイナさんの技術を習得できるように努力しますが、パトリシア様の髪の事は基本的にあなたに任せます。何事も専門家に任せるのが一番ですから」

そう言って、レベッカさんはサリさんとモナさんを連れて廊下を去って行った。

彼女たちとはこれからいい仕事仲間になれそう、と嬉しくなっていると、

「彼女といい関係を築けたみたいだね。気難しい女性だと思っていたけど」

後ろから急に声をかけられて、私はびくっと肩を揺らした。振り返ると、そこにはレイがいた。

「驚かせないで。足音が聞こえなかった」

「驚かせたかったわけじゃないよ。君の耳は竜人と違って鈍《にぶ》いから」

「私に喧嘩を売りに来たの？」

レイをひと睨みして朝食を食べに行こうとすると、去り際にレイはこう言った。

「今の話を少し聞いていたんだけど、レベッカたちが君の技術を習得するまでには時間がかかるかもしれない。だから僕から女官長に言って、ちゃんとした髪結師を一人雇ってもらうよ。そうすれば君は早く国に帰れる」

「パトリシア様がこの国に馴染むまでは帰らないわ」

私は歩きながら振り向いて返す。けれどレイも引かなかった。

「王女の不安はダリオ殿下が取り除く。すぐに馴染むよ」

「もちろんそれならそれでいいのよ、私は」

冷たく言って私はまた前を向き、レイから足早に離れたのだった。


レイと殺伐《さつばつ》としたやり取りをした後、使用人用の食堂に向かうため、私は中庭の側を通る回廊を歩いていた。するとそこで、

「おはよう、パドル。今日は朝から会えて嬉しいわ」

先ほど別れた使用人の一人、モナさんが中庭で知らない男性に駆け寄っていくのが見えた。

短い茶色い髪の青年で、騎士服を着ている。

「モナ、おはよう。城の警備に回っていて、こうやって時々モナと出くわすと僕も嬉しくなるよ」

モナさんにパドルと呼ばれた騎士は、駆け寄ってきた彼女を大事そうに抱きとめた。

「モナは時間は大丈夫?」

「あまり大丈夫じゃないわ。これからパトリシア様の朝食だから、またすぐ行かないと」

「そっか、残念。まぁ僕も仕事中なんだけど。ところでパトリシア様はどんな方だった?」

「まだよく分からないわ。でも最近聞いた噂通りの、最悪の王女様ってわけではなさそう」

そんな会話をしながら、二人はお互いを抱きしめ、二人でいる事が幸せでたまらないというふうに笑い合っている。

お互いの事が大好きなのだろう。仕事に生きると決意した私には目に毒な光景だ。ちょっと羨《うらや》ましい。

そして二人はしばしの逢瀬《おうせ》を楽しみ、お互い仕事に戻っていく。

モナさんはこちらの方に歩いてきたので、つい立ち止まって幸せそうな恋人たちの様子を眺めてしまっていた私に気づき、「あ」と声を上げた。

モナさんはうふふと笑って言う。

「やだ、見られちゃいましたね。すぐに仕事に戻りますから、レベッカさんには言わないでくださいね」

「ええ、もちろん。彼は恋人？」

「そうです。でも普通の恋人じゃありません。私たち、番なんです」

モナさんは幸せそうに目尻を垂らして言う。

「番……」

「番って知ってます？　竜人には時々『運命の人』が現れるんです」

「ええ、知ってるわ。パトリシア様が、結婚した後にダリオ殿下に番が現れたらどうしようって心配しておられたから」

レイに番だと言われた事があるから知っているという事実は、あえて言う事でもないと思って伏せた。

けれどレイの事を思い浮かべながら、私は続ける。

「本当の番というのは、あなたたちみたいに見るからにいちゃいちゃして……というか、仲睦《なかむつ》まじいものなのね。傍目《はため》に見ても、すぐに愛し合ってると分かるくらい。いつも相手の側にいたい、相手に触れていたいって思うんでしょう？」

二人を見ていると、やっぱり私はレイの番ではなかったんだと改めて思う。

だって本当の番なら、その相手に冷たく接する事なんて無理に違いないから。少なくともあのパドルという青年は、何か事情があったとしてもモナさんに冷たい態度は取れないだろう。

私の言葉に、モナさんは少し大人っぽく笑って答える。

「そうですね。いつも側にいたいと思います。でもいちゃついてるだけが番ではないですよ。番に向ける愛は、もっと深いんです。相手の幸せを一番に考える、そういう愛です。相手が幸せなら、自分は辛い思いをしてもいいと思えるような」

何だろう、朝日がモナさんに降り注ぎ、彼女の穏やかな表情と相まって聖母様のように見える。祈りでも捧げておこうか。

モナさんは続ける。

「さっきの、ダリオ殿下に番が現れたらという話ですけど、もしも本当にそうなって、殿下はまだ気づいていないけれど相手の女性は殿下が自分の番であると気づいたとします。そうしたらその女性はどうすると思います？　ダリオ殿下は人間の王女様との結婚が決まっているけれど、名乗り出ると思いますか？」

「名乗り出るでしょう。番というのが相手の事を狂おしいほど求めるのなら、黙っていられないと思うわ」

「私はそうは思いません。きっと名乗り出ないと思います。自分がこのタイミングで出て行けば国同士の諍《いさか》いにも発展するかもしれないし、何より殿下が苦しむだろうから。番というのはそういうものです。何より相手を想うのです。……何で祈りを捧げてくるんですか？」

きょとんとしてこちらを見てくるモナさんに、私は胸の前で手を組んだまま答える。

「モナさんがとても器の大きな、崇高《すうこう》な人に思えたから」

「もう、からかわないでくださいよ！　メイナさんってやっぱり変わってる！」

モナさんは「てへっ」と笑って去って行った。

番って、すごいなぁ……。

だけどそんなに大切な存在を間違える事なんてあるんだろうかと、私は再びレイの顔を思い浮かべたのだった。


バクスワルドに来て三日目。今日は夜にパーティーが開かれる。貴族など国の有力者たちを集めてパトリシア様をお披露目《ひろめ》し、歓迎する夜会になるようだ。

「貴族たちも私の悪い噂を信じているかしら？　不安だわ」

「昨日、国王陛下や王妃様と会われた時、お二人の様子はどうでした？　冷たくされたりしましたか？」

朝、憂鬱《ゆううつ》そうなパトリシア様の髪を結いながら私は尋ねた。部屋には使用人のレベッカさんとモナさん、サリさんもいる。

パトリシア様は首を横に振った。

「いいえ、お二人は優しかったわ。王妃様は私の髪型に興味津々《しんしん》だったし」

「よかった。そうなればいいなと思って、ちょっと複雑な結い方をしてみたんです。どうなってるの？　と気にしてもらえるように」

「そう、それで髪の事で少し話が盛り上がって緊張が取れたの。だけど今日はどんな髪型をすればいいのかしら。私も竜人女性のようにした方が印象がいいと思う？　でも私の髪って、下ろすと爆発するのよ。まとめなきゃ綺麗に仕上がらない」

唇を尖らせて、自分の髪をくるくると指に巻きつけているパトリシア様。私は鏡越しにパトリシア様を見て言う。

「パトリシア様は竜人女性風の髪型をしてみたいですか？　もししてみたいならやりましょう。私が綺麗に仕上げます。でもしたくないなら無理にしなくてもいいと思います。私は、髪型はその人の気分が上がるもの、かつその人に似合うものが一番いいと思っています。レベッカさんも昨日、パトリシア様にはミュラン風の髪型が似合うと言っていましたし」

「そうなの？」

私とパトリシア様が後ろを振り返ると、レベッカさんは少し照れくさそうにして視線をそらした。

「……」

「じゃあやっぱりミュラン風にするわ。でもバクスワルドに馴染む気がないと思われたら

「そこは髪飾りを使って、そんな事はないとアピールしましょう」

「髪飾り？」

「また夕方、夜会の支度をする時に持ってきますね。髪もその時、夜会用に結い直します」

私はそう言って、パトリシア様ににっこり笑いかけた。


そして夜。パーティーは城の一階の大広間で開かれた。外は暗いのに、大広間はたくさんのシャンデリアやランプで照らされ、着飾った貴族たちをきらびやかに浮かび上がらせている。それに前方から聞こえてくる穏やかなメロディーは一流の楽団による演奏だ。

そんな豪華絢爛《ごうかけんらん》な雰囲気の中、私は紺色のドレスを着て、大広間の隅の方で所在なく立っていた。

ちなみに髪はギブソンタックという毛先を内側に入れ込んでいく髪型にして、そのギブソンタックでできたまとめ髪の上にリボンをつけている。今の季節に合うようにリボンは夏らしい水色で、光沢のあるサテン生地のものにした。

私はパトリシア様から「王妃様や貴族のご婦人たちに紹介する機会があるかもしれないから、一応会場に来ていて」と言われてここにいる。

パトリシア様の髪型をみんながどんなふうに見るか気になったし、ここに来る貴族たちの髪型も観察したかったからありがたいけど、でも紹介されるのは緊張する。

大広間にはすでに貴族たちが集まっていて、それぞれが談笑しながら国王陛下と王妃様、ダリオ殿下とパトリシア様の登場を待っていた。

竜人女性はスラリと細身で背の高い人が多いような気がする。目は切れ長な人が多いかな。レベッカさんと雰囲気の似た人がたくさんいる。

そんな彼女たちに似合う髪型は、可愛らしい〝ゆるふわ〟なものじゃない。自分たちでもそれが分かっているのだろう、やはりまっすぐな長い髪を生かしたシンプルな髪型の人ばかりだ。

「あの人はポニーテイルだけど、あれだけ髪がまっすぐだと髪を一つに縛るだけでばっちり決まるのね。髪を下ろしているあの人も、髪飾り一つつけるだけでおしゃれに見える」

真似してみたいけど、私ではあそこまで決まらないかも。やはり髪質が重要だ。

(ああ、でも楽しいな)

私は女性たちの髪を見ながらしみじみと思った。おしゃれをしている人たちを眺めるのは刺激になるし、心躍る。こんなに楽しい事はない。至福の時間だ。

「ふふ……」

笑みをこらえ切れずに一人で笑っていると、ふと近くにいた男性と目が合った。

まぁ、男性というかレイだ。最悪だ。

レイはこちらに近づいてくる。私の事が嫌いならいちいち関わって来なければいいのに。

「一人で笑ってどうしたの？　不審だよ」

「分かってる」

私は口元を押さえて表情を引きしめた。

「みんなの髪を見てたらちょっと楽しくなっちゃっただけ」

「……髪を？　ミュランで五日間、君と過ごしたけど、その時に思った以上に君は不思議な人だね」

と言うか、その時から「不思議な人」とは思われていたのか。

レイは一度会場を見渡し、よく分からないというようにまた私の方を見て尋ねてくる。

「みんなの髪型を見るのが楽しいの？」

「そうよ。努力しておしゃれしている女性たちは、まるで輝く宝石のようだわ。一人一人違う宝石で、同じものは二つとない。中にはまだくすんだ光しか放てていない人もいるけれど、その人に合った髪型に少し変えれば、キラキラ光り出すと思うの。――ああ、あそこのまだ若い、赤いドレスの女性を見て。彼女はもう少し華やかな髪型が似合うと思う。うーん、駄目だわ。見てたら髪を結いたくてうずうずしちゃう」

そう言って、私がぎゅっと目をつぶって彼女から顔を背けた時だ。

隣から、ふっ、と小さな笑い声が落ちてきた。

目を開けてレイを見上げると、彼はとても優しげな表情をして、目を細めてこちらを見てほほ笑んでいる。

まるで出会った頃のレイみたいだ。私の事を番じゃなかったと言い出す前の。

私はちょっとびっくりして言う。

「何？」

「何が？」

レイはほほ笑んだまま、少し首を傾げて尋ね返す。大広間のきらびやかな雰囲気と相まって、レイの美形度が上がっている気がする。

「いえ、笑ってるから……」

「笑ってる？」

自覚がなかったのか、レイは我に返ったようにさっと片手を口元に当てた。そして口元を隠したまま言う。

「別に何でもないよ。君の様子がおかしかったから。……そろそろ殿下たちが登場するよ」

そう言い残して、レイは会場の前方へと去って行ってしまった。様子がおかしいのはレイの方だと思うけど。

不可解な思いを抱いていると、楽団の演奏が止んで、それを合図に国王陛下と王妃様がこの大広間に姿を現した。貴族たちは拍手で迎えている。

続いてダリオ殿下とパトリシア様が登場すると、会場の拍手の音は一層大きくなり、パトリシア様は安堵《あんど》の笑みを漏らした。

「まぁ、可愛らしい」

「けれど確かに少しわがままそうね」

　側にいる貴族の女性たちが、そんな事を言っているのが聞こえてきた。パトリシア様の事を好意的に見てくれる人もいれば、噂を信じているのかそうでない人もいる。けれどはじめはこんなものだろう。

　女性たちは小声で続ける。

「パトリシア様は人間だけど、まるで花人のように見えるわね」

「小柄だし、華やかだものね。けれどたとえでも花人は駄目よ。『異種族恋愛譚《いしゅぞくれんあいたん》』的にはね」

「ああ、そうね。あの話の中では海人との話が好きだわ」

「私も。人間との話も好きよ」

　二人の言う『異種族恋愛譚』が何なのかよく分からないけれど、そういうお話がバクスワルドではあるのだろう。

　そして彼女たちの興味は、次はパトリシア様の髪型に移ったようだった。

「見て、あの髪――」

　その次にどんな言葉が続くか、私は緊張しながら聞き耳を立てた。

「――素敵ね」

　よし！

「いかにもミュラン風だけど、どうやって結うのか興味があるわ」

よしよし！

私は心の中で喜び、とある目的を持ってその貴族の女性たちにそっと近づいた。

「どうぞこれを」

歳は三十代くらいだろうか、パトリシア様の髪型に興味を持ってくれたらしい貴族の女性二人に後ろからそっと近づいた私は、手に持っていた紙の束から、それぞれに一枚ずつビラを渡した。

このビラには、パトリシア様の今日の髪型の結い方が書いてある。分かりやすいよう、一つ一つの手順をイラスト付きで。

デザイン画を描きながら新しい髪型を考えたりするので、私は簡単なイラストなら描けるのだ。そしてこのビラは、ダリオ殿下から話を通してもらった業者に急ぎで印刷してもらったものだ。

「今日のパトリシア様の髪型です。一人では難しいかもしれませんが、使用人にやってもらえば意外と簡単にできますよ」

そう説明すると、私に不審な目を向けていた女性たちもとりあえずビラを受け取ってくれた。

そして内容を見て、意外そうに言う。

「結構、手順は少ないのね」

パトリシア様の今夜の髪型の作り方は、まず右か左のサイドに一摑み分の髪を残し、残りを後頭部の高い位置でポニーテイルにする。

そして、ポニーテイルの髪を少しずつ取りながらサイドの髪と一緒に編み込んでいき、ポニーテイルの周りを円を描くように一周する。余った毛先はピンで中に埋め込むように隠したら完成だ。

出来上がりは、王冠のような形のお団子を三つ編みが囲んでいるような形になる。

「これは竜人の方のようなまっすぐな髪の人がやれば、さらに綺麗に決まると思います。きっと似合いますよ。是非《ぜひ》やってみてください」

「うちの使用人に編み込みの練習をさせなきゃね」

「ところであなたの髪型もいいわね」

「私の髪型の作り方はこちらのビラに……。ヘアバンドなどを使っても簡単にできます」

抜かりなく自分の髪型の分もビラを作っていた私は、それも二人に渡した。二人はそのビラを見た後、ちらりとこちらに視線を向けて言う。

「ところであなた誰なの?」

「私はパトリシア様の髪結師です」

にっこり笑ってその場を去ると、パトリシア様の髪に注目しているまた別のご婦人のところに行って、そっとビラを渡す、という事を繰り返した。

そうこうしているうちに国王陛下の挨拶やパトリシア様の紹介も終わり、大広間にはまた音楽が流れ始める。貴族たちはそれぞれ自由に飲み物を飲んだり話をしたり、軽く踊ったりしながら、パトリシア様を含めた王族たちに挨拶する機会を窺《うかが》っている。

パトリシア様たちも壇上から降りて、貴族たちの間を順番に回っていた。

するとパトリシア様の姿を間近で見られるようになり、みんな彼女がつけている髪飾りに気づき始める。

「まぁ、ドラゴンね。しかも銀色の」

「そして目は灰色の宝石だ。お茶目な事をなさる」

そう、今日のパトリシア様の髪飾りは銀のドラゴンなのだ。少しカーブのついた形で、お団子に添って密かに存在を主張していた。宝石がいくつかついていて、小さいけれどキラキラと目立つ。

この灰色の瞳を持つ銀のドラゴンの髪飾りは、灰色の目と銀色の髪を持つダリオ殿下を想って作ったんだと、ここにいるみんなはすぐに気づいたようだった。

『こんなもの、いつの間に作ったの？』

夜会の準備をしている時、パトリシア様には驚いたようにそう聞かれたが、これはバクスワルドに来る前、ミュランで馴染みの職人さんに作ってもらったものだ。

こういうものをパトリシア様がつけていたらダリオ殿下は悪い気はしないだろうし、それでパトリシア様への好感度が上がればいいなと計算して。

政略結婚とはいえ、夫婦の仲が良くなるに越した事はないし。

実際、ダリオ殿下も嬉しそうだ。親しい貴族なのだろうか、若い青年にパトリシア様の髪飾りを手で指し示して自慢しているし、パトリシア様も楽しそうに笑っている。

ダリオ殿下もパトリシア様も、お互いの事を異性として好き、とはまだ言えないのかもしれない。けれどどちらも相手の事を嫌ってはいないし、これから仲良くなるにつれ、恋心を抱くようになりそうな雰囲気がある。

ダリオ殿下はパトリシア様の根も葉もない悪い噂に惑わされている様子は全くないし、パトリシア様を任せられそうな人だ。

私のビラ制作にも進んで協力してくれて、「これでこの髪型が流行《はや》ったら面白いな」と笑ってくれた。

(レイはダリオ殿下の事を大切に想っているようだけど、その気持ちも分かるわ)

若いけれど、この人について行きたいと思わせる人だ。

しかしそんな好感度の高い王子様だから、伴侶《はんりょ》となるパトリシア様には厳しい目が向けられてしまうのかもしれない。

私がふと視線を向けた時、いつの間にかダリオ殿下と離れて一人になっていたパトリシア様は、立派な口ひげを蓄《たくわ》えた中年の男性貴族から挨拶を受けていた。

彼は最初、穏やかにパトリシア様と言葉を交わしていたが、最後にこう嫌味を言ったのだ。

「最近色々な噂が流れていますが、それは本当にただの噂なのでしょうかね？　我々はとても不安に思っております。本性を現すなら、結婚式が執《と》り行われる前にしてほしいですな」

フンと鼻で笑う男性を、パトリシア様の後ろに密かに控えていたレイが冷静に見つめている。これ以上あの男性が何か言うようだったら、レイが諌《いさ》めてくれるだろうか？

（パトリシア様は大丈夫かしら？）

私はそわそわと足踏みした。ただでさえ噂の事を気にしていたのに、面と向かって意地悪なことを言われて泣いてしまうんじゃないか……と心配したのだが、パトリシア様は悲しげに眉を下げながらもチクリと皮肉を言う。

「根も葉もない噂を流されて、私はみんながその噂を信じているんじゃないかと、今日のパーティーに出るのが怖かったのです。けれどそんな私にダリオ殿下はこうおっしゃってくださったんですよ。『ただの噂を簡単に信じてしまうような者はあまり信頼できないから、そんな者から何を言われても気にしなくていい』と。だから私、今あなたがおっしゃった事は気にしません」

最後はにっこり笑って男性の前から去って行くパトリシア様に、私は心の中で拍手を送った。我が王女様は強い。

口ひげの貴族は顔を真っ赤にしながらも、さすがにパトリシア様を追ってこれ以上の嫌味を言う事はなかった。

「閣下」

自分から喧嘩を売ったくせに、逆にパトリシア様にしてやられて一人でプンスカ怒っている男性に、私は静かに声をかけた。

男性はぎろりとこちらを見下ろして、苛立《いらだ》ったように言う。

「何だ？」

「是非これをお持ち帰りください。奥様や、おられたら娘さんにお渡しいただけると喜ばれるかと」

「妻も娘もいるが……何だ、これは？」

私が渡した二枚のビラを乱暴に受け取ると、男性は顔をしかめて睨みつけるようにそれを見た。

「それには、今日のパトリシア様の髪型の結い方が描いてあるんです。こちらはおまけで、私の今やっている髪型の作り方です」

「こんなものいらん！　私の妻や娘にこんな髪はさせん！」

「そうですか。それならいいんです。きっとこれからこういう髪型も流行ると思うんですけど……」

そう言って私はちらりと周りを見渡してみせた。周囲の女性たちはほとんどみんなこのビラを持っていて、熱心にその内容を眺めている人も多い。

「『お父様はあのパーティーに行っていたのに、どうしてみんなが持ってるあのビラを貰ってきてくれなかったの？』って、娘さんに言われないといいですね。若い子は流行に敏感ですから……」

わざとらしくそんな事を言いながらその場を去ろうとすると、男性は一度こちらに突っ返してきていたビラを強引に奪い取った。

「ま、まぁ、一応貰っておいてやる」

「ありがとうございます！」

明るく笑ってから男性に背を向けると、いつの間にか近くにレイが立っていた。護衛は？と思ってパトリシア様の方を見ると、別の騎士たちが側についている。

レイは少し険しい顔をして、私の腕を引き、壁際へと連れて行く。

「メイナ、彼はただの小物だし、極悪人ではない。けれどいい人でもない。あまり進んで話しかけない方がいい」

このまま何故かお説教をされるのかと思ったけれど、レイはため息をついた後、表情を変えた。片方の口角を少し上げてこう言ったのだ。

「でも、やるね」

だから私も同じように自慢げに笑って返す。

「そうでしょ」

パトリシア様をお披露目するパーティーが無事に終わると、翌日からはさっそくビラを見て髪を結ったらしい女性たちの姿を城の中で見かけた。

中にはすでにビラに描いてある手順からさらにアレンジを加えた髪型をしている貴族もいる。

「真似をされるのって嬉しいわ。私の事を受け入れてもらえたみたいで」

その日の夜、寝る前の準備を整えている時、パトリシア様も嬉しそうにそう言った。

昨日は私のしていた髪型の作り方もビラにして配ったけれど、やはりパトリシア様がしていた髪型の方が人気みたい。ただの髪結師がしている髪型より、王女様の髪型を真似したくなるのは当たり前の事だ。

同じ部屋にいた使用人のモナさんは、ほがらかに笑って言う。

「パトリシア様は今、注目の的《まと》なんです。特に竜人の女性たちは、パトリシア様の発言や行動よりも衣装や髪型に興味があるんです。私も明日はちょっと髪型を変えてみようかな」

パドルに見せたいんです、とモナさんは続けた。

「彼はあなたがどんな髪型をしていようが可愛いと褒めるでしょ」

ベッドを整えていたレベッカさんがフッと笑って言う。モナさんは照れていたけれど、その時、もう一人の使用人のサリさんが面白くなさそうにモナさんを見ているのに気づいた。

サリさんは淡い金髪の、目尻がつんと上がった女の子だ。いつもムスッとした顔をしていて、彼女が笑っているところを私は見た事がない。

サリさんは私が見ているのに気づくと、不機嫌そうな表情のまま顔をそらす。

レベッカさんやモナさんとは少しずつ馴染んできた感じがするけれど、サリさんとはまだ仲良くなれていない。話しかけてもあまり言葉を返してくれず、他人行儀なのだ。

私に限らずレベッカさんやモナさんにもそうだから、仕事仲間とは一定の距離を置きたいタイプなのかも。仕事もあまり楽しくないのかな……。

私もサリさんから目をそらし、元の話題に戻った。

「パトリシア様は今、確かにバクスワルド中から注目されているんでしょうね。私のような職業の人間にとっては羨ましい事です。私がどんな新しい髪型をしても影響力はあまりないですが、パトリシア様がすればそれが爆発的に流行る事だってあり得るんです。パトリシア様は流行を発信する側にいるんですよ」

「なら、髪型やドレスには気を遣わないとね。特に人前に出る時は」

「次にある大きな行事といえば、結婚式ですね。それこそパトリシア様がした髪型や、パトリシア様が着たウェディングドレスと同じ形のものが流行るはずです。花嫁たちはきっとみんな真似します」

パトリシア様のウェディングドレスは結婚式に間に合うように作られている最中のようだ。

私もパトリシア様の当日の髪型をどうしようかと色々と悩んでいる。ドレスの色は純白にするらしいので、それに合う純粋で清らかな、けれど華やかで、みんなが憧《あこが》れて真似したくなるようなものにしたい。

そして翌日、昼前。

私はパトリシア様の私室で、結婚式の時の髪型について話し合っていた。いくつかデザイン画を見せてパトリシア様に希望を聞く。

と、その時。部屋の扉がノックされたので、レベッカさんが扉を開けてくれた。

「パトリシア様、女官長のトーパンさんです」

「入ってもらって」

部屋に入ってきたのは、使用人たちを束《たば》ねている細身の中年女性トーパンさんと、見知らぬ青年、そして何故かレイも一緒だ。

レイは確か扉の外で歩哨《ほしょう》に立っていたはずだけど、何か用があるのだろうか？　眉間に皺を寄せていて、あまり機嫌はよくないようだ。

一方いつもキリッとしていてレベッカさん以上に厳格なトーパンさんは、今は珍しく穏やかにほほ笑んでいる。

彼女はレイとは反対に機嫌よさげに言う。

「パトリシア様、メイナさんが国に帰られた後に仕事を継いでもらえるよう、髪結師見習いを連れて参りました」

「そう。隣にいる彼がそうなの？」

「ええ、そうです。自己紹介を」

トーパンさんに促《うなが》されて一歩前に進み出てきた青年は、胸に手を当てて「キリアン・ソウです」と名乗った。

キリアンは私と同じ歳か、少し年下だろうか、まだ少年らしさが目元に残っていて、人懐っこそうな雰囲気の青年だった。

背は後ろにいるレイより頭半分くらい低く、黒い髪を後ろで一つに束ねている。竜人の男性は髪が短い人が多いのに、キリアンの髪はお尻の辺りまであった。

男性でこれだけ伸ばして、しかも綺麗に保てているのは珍しい。

「異国から来られた王女殿下が髪結師を探しておられると聞いて、喜んで立候補させていただきました。王女殿下の髪を結えるなんて名誉な事です」

「キリアンは髪結師とは名乗っていなかったのですが、理髪師です。今までは地方の商人の屋敷で働き、主人やその奥さんの髪を整えていたそうです」

トーパンさんの説明に付け加えて、キリアンはこう続ける。

「もちろん散髪もできますし、手先は器用です。王女殿下がされているような複雑な髪型を結った経験はないのですが、ずっと髪に関する仕事をしてきたので、教えてもらえるなら技術の習得は速いと思います。よろしくお願いします！」

そう言うと、キリアンは明るい笑顔を見せた。パトリシア様はその笑顔につられて少し笑いながら、「ええ、よろしくね」と返す。

「ここにいるメイナの技術を、私はとても信頼しているのよ。でも彼女の故郷はミュランだし、私のように嫁いできたわけでもないから、ずっとバクスワルドにいてもらうのは申し訳ないと思っているの。だからあなたがメイナの技術を受け継いでちょうだい。――メイナ、あなたが帰る日までに、彼を一人前の髪結師に育ててね」

「はい、パトリシア様」

私はしっかり頷いた。私はまだまだ弟子なんて取れる立場じゃないし、髪結師を育てた事はないから少し不安もあるけれど、教えられる事は全て教えたいと思う。

しかし話がまとまりかけたところで、レイがこう口を挟んできた。

「女性の主人に男の髪結師がつくのはどうかと思います」

「ですが、レイ様。この子はとてもいい子ですよ。勉強熱心だし、真面目です。パトリシア様によこしまな想いを抱くなんて事もあり得ません。それに以前働いていた屋敷でも女性の髪を整えていました。何も問題ありませんよ」

すぐさま弁護したのはトーパンさんだ。きっちり一つに縛られた髪と皺一つない制服から潔《けっ》癖《へき》な人かと思いきや、意外と男女間の事については寛容なのかな。

　と思ったが、トーパンさんはこのキリアンの事をとても気に入っていて信頼しているだけなのかもしれない。トーパンさんはキリアンの肩に手を置いて、擁護《ようご》する姿勢だ。

　レイは疑り深く言う。

「勉強熱心で真面目だと言いますが、トーパンさんは彼の昔からの知り合いというわけではないのでしょう？」

「ええ、そうですけど、でも私は今までたくさんの使用人たちを見てきたんですよ。ひと目見れば、その子が信用できるかどうかくらいは分かります」

「では彼は信用できると？」

「そうです。他にも髪結師見習い候補は何人かおりましたが、中でも彼が一番信頼でき、優秀そうだと判断しました」

　胸を張るトーパンさんとレイが睨み合っているので、私はトーパンさんの肩を持つ事にした。

「女性の主人に仕えた男性の髪結師はミュランにもいましたよ。一番有名なのは、百年以上前にミュランの王妃に使えていた専属の髪結師の男性です。彼はすごいですよ。縦に高くボリュームを出す髪型を考案して、王妃の頭に模型の船を乗せてみたり、鳥の入った鳥かごを乗せてみたりして髪を結っていたんです。奇抜《きばつ》で斬新《ざんしん》な髪型を流行らせた髪結師です」

「まぁ、そんな昔にも王妃に男性の髪結師がついていたのね。前例もある事ですし、おかしな事ではないですわね」

オホホと笑ってトーパンさんはレイを見る。

一方キリアンは私の方を見て「物知りですね」と何て事ない一言を放った。

しかし、彼の人懐っこい黒い瞳と目が合うと何となく心がそわそわした。ドキドキとはちょっと違う、よく分からない感覚だ。

目がそらせなくてじっとキリアンと見つめ合っていたら、レイに「メイナ」と名前を呼ばれた。ハッとしてレイの方を見ると、険しい顔をしてこっちを睨んでいる。

トーパンさんの肩を持った事、怒ってるのかな……。

そしてその後、レイは男性であるキリアンがパトリシア様専属の髪結師になる事に反対して、トーパンさんでは話にならないと、ダリオ殿下にキリアンの事を話したようだった。

けれどダリオ殿下はキリアンの事を城から追い出す事はしなかった。

追い出せば、周りからは「パトリシア王女が選り好みをした」だとか、「女官長であるトーパンの顔を潰した」なんて思われて、今流れている『わがままな王女』だという噂を助長する事になりかねないと考えたようだ。

そこでキリアンとパトリシア様を二人きりにさせない事を条件に、しばらく様子を見てみようという判断を下したらしい。

というわけでレイの反対も虚《むな》しく、キリアンは髪結師見習いとして私と一緒に仕事をしていく事になった。

「メイナさん、これからよろしくお願いします」

「よろしくお願いします。キリアンと呼んでも構わない？」

「もちろんです」

とりあえず自室にキリアンを連れて来て、私が持っている髪結いの道具や髪飾りなどを見せ、逆にキリアンの物も見せてもらう。

キリアンは男性用の整髪料と散髪のためのハサミを私に比べてたくさん持っていた。私もたまに頼まれて男性の髪を整える事はあるし、人の髪を切る事もあるのでその二つは持っているけど、そこまで種類は集めていないので少し興奮してしまった。

「何て美しいハサミ！　細身で手にもよく馴染んで……」

「切れ味もいいですよ。メイナさんはブラシと髪用のオイルとピン、それに髪飾りを山ほど持っているんですね。お店を開けそうです」

キリアンは髪飾りが入った箱を開けて驚いている。箱は全部で三つあるけど、これでも古くなったものを定期的に処分している。

と、お互いの道具や小物を見ながらはしゃいでいると、ふと視界の端にレイの姿が映った。

彼もこの部屋に来ているのだ。

（何でついて来たのかしら）

私はキリアンだけを呼んだのだが、当たり前のようにレイもついて来て、私の後ろで不機嫌なオーラを放ち続けている。威圧感がすごいし邪魔だ。それにキリアンも気後れしている。

私はため息をついて言った。

「キリアンの事を睨むためだけについて来たのなら、もう出て行って」

そう言ってもレイは全く動こうとしない。

「大体、あなたが新しい髪結師を雇うようトーパンさんに言ったからこうなったんでしょ。みんなキリアンの事を受け入れているのに、レイだけ感じ悪いわよ。あなたのそういう、人の好き嫌いを表に出すところ、直した方がいいと思う」

全く興味がなくなったという態度をあからさまに取られて、私だって少なからず悲しんだ。

「嫌われる側だって傷つくんだから……」

そう言いながらレイの体を押すと、レイはよく分からない複雑な顔をし、何か言いたげにしながらも結局何も言わず、最終的にとぼとぼと部屋を出て行く。

扉が閉まった後で、私は「ごめんね」とキリアンに声をかけた。

「あの人、ずっとダリオ殿下の近衛騎士をしてきて、殿下の事を弟のように大切に想ってるのよ。だからその妻になるパトリシア様の側に男性を置きたくないだけなの。キリアン個人の事を嫌っているわけじゃないからね」

私がそう言うと、キリアンはレイが消えた扉を見つめながらぽつりとこう返してくる。

「僕がパトリシア様とどうにかなる事も心配しているのかもしれませんけど、それ以上にメイナさんと親しくなる事を不安に思っているように感じます。お二人って恋人同士なんですか？」

「恋人!?　まさか！　やめてよ」

私が過剰に反応すると、キリアンはこちらを見ていたずらっ子のように目を細めた。

「あ！　何か訳ありっぽいですね。別れた元恋人とかですか？」

「う……」

当たらずとも遠からずな感じで言い当てられる。キリアンは無邪気に笑って続ける。

「わぁ、僕、そういう話大好きです。恋愛のゴタゴタとか」

「見かけによらないわね」

「それでやっぱり元恋人同士なんですね？　レイさんはまだ未練があるみたいですけど」

「そんなわけないでしょ」

変に誤解されるよりはと思って、私はレイとの関係を簡単に話した。番だと言われたけど結局間違いで、付き合う前に振られたんだと。

「番だと思ったのに間違いだったなんて事、あるんですか？」

「私もそう思ったけど実際あったんだからあるのよ。と言うか、番の事に関しては竜人のあなたの方が詳しいでしょ」

「まぁ、そうなのかもしれないですけど……」

キリアンは曖昧《あいまい》に言った後、にっこり笑ってこう続ける。

「でもじゃあ、レイさんと恋人でないなら、僕がメイナさんの事を好きになっても大丈夫ですね」

冗談を言う口調だったので、私も本気にせず苦笑して返す。

「もう恋愛はこりごりだわ」

「たった一回、上手くいかなかっただけで？」

けれどキリアンはこの話を笑って終わりにはしなかった。

純粋な少年のようでいて妖《あや》しい魅力のある大人の男性のような、相反する雰囲気をまとってキリアンは私を見下ろした。

その黒い瞳を見ていると、やっぱり何だかそわそわする。目をそらしたいけどそらせずに、じっとキリアンを見つめ返してしまうのだ。

けれど彼の瞳に映る、ほうけた顔をしている自分を見て我に返った。

私は顔をそらして、外に出していた髪飾りを箱に戻しながら言う。

「私は恋愛より、仕事の方が好きなの」

「真面目ですね」

キリアンは肩をすくめてまた笑ったのだった。

三日ほどキリアンと仕事をしてみたけれど、彼は基本的には素直でいい子だ。仕事を教えても飲み込みが速いし、私の説明が十分でなかったところも意図をきちんと読み取って対応してくれる。頭がよく、とても優秀な子だった。

けれど男の人にしてはお喋りで、

「あの貴族は不倫しているって噂よ」

「隠し子もいると聞きました」

使用人のモナさんとそんな噂話をして時々盛り上がっているし、

「この城の使用人の中ではこんな派閥《はばつ》があるみたいですよ」

と、そういう事情に疎《うと》い私に教えてくれたりもする。

人見知りをせず色々な人に話しかけて仲良くなっているようなので勝手に情報が入ってくるのか、それともそういう話が好きだから自分から情報を集めているのかもしれない。

そしてキリアンはレイの事はちょっと面白がっていて、レイに睨まれると逆に楽しそうな顔をしている。そういうところも意外だ。案外度胸があると言うか、図太いと言うか……。

萎縮してしまうと可哀想だとレイに再度注意をしようかと思ったのに、キリアンはレイがいるといつもよりちょっと私に近づいてみたりしてレイを煽《あお》っている節があるので、どっちもどっちかと思って放っておいている。

と言うか、キリアンが私と接近しただけで怒るレイの態度も不可解だと感じ始めた。レイが何を考えているのかよく分からない。

そしてそんな毎日の中、パトリシア様は徐々にバクスワルドに馴染んでいっていた。

ダリオ殿下はもちろんだが、王妃様もパトリシア様の事を気にかけてくれているおかげだろう。

「明日の午後、王妃様からお茶に誘われたの。また可愛らしい髪型をしてきてねと言われたわ。でも、まとめ髪以外のバクスワルド風の髪型も見てみたいって……」

パトリシア様はお茶に誘われた事は嬉しそうだったけれど、最後は不安そうに言った。

私は頷く。

「では、明日はそうしましょう」

「でも私の髪じゃ上手く決まらないでしょ。ぼわぼわ広がっちゃうわ」

「髪を固める整髪料を使えば抑えられますけど……変に光沢が出るんですよね。それに本当に髪が固まってしまうので風にもなびかないし、不自然になるんです」

私は悩みながら続けた。

「うーん……。固めなくて済むように何か考えます」

後ろでキリアンが見守っているのを感じつつ、策を巡らせる。

さて、どうしようかな。

お茶会の日、私は午後になってからパトリシア様の髪を整え始めた。朝にもちゃんと結ったけれど、それを解いて整え直す。

「お茶会って、どれくらいの方が来られるんでしょう？」

「そんな大規模なものじゃないわ。王妃様と、王妃様の侍女が三人、それに私。それだけよ」

私は頷いて髪を梳かしていく。

「髪を全部下ろすとボリュームが出過ぎてしまうので、上半分を一つに縛って下半分を下ろしたハーフアップにしますね」

バクスワルド風なのであまり凝《こ》ったアレンジはせず、シンプルなハーフアップを作ると、パトリシア様は鏡の前で不満そうな顔をした。

「半分縛ったって駄目よ。これじゃ寝起きの髪みたい。今日は室内じゃなくて庭でお茶をするみたいだし、少し風が吹けばボサボサになるわ」

「大丈夫です。これから髪を巻いていきますから」

そう言って、私は金属でできた髪用のアイロンを取り出した。私が持っているアイロンには三つ種類があって、一つは髪をまっすぐに伸ばすもの、一つは上品なウェーブを作るもの、そしてもう一つは巻き髪を作るものだ。

今日はこの巻き髪を作れるアイロンを使うべく、すでに暖炉では薪《まき》を三本ほど燃やしてもらっている。ごうごうと燃やしているわけではないけれど、今は夏なので暑い。

この火でアイロンを熱して使うのだが、熱し過ぎると髪がチリチリになったりしてしまうので、火に当てている時間も重要だ。

熱し過ぎた場合は、一旦濡れタオルに押しつけて温度を下げて使ったりもする。

巻き髪用のアイロンは二本あるので、私が一本目を使ってパトリシア様の髪を巻いている間に、キリアンに二本目を熱していてもらう。

アイロンの熱はわりと早く冷めてしまうので、一本目を一度熱しただけでは髪全体に強いカールをつけるまで持たないのだ。

アイロンの温度は百度以上あり、パトリシア様の耳や首筋、地肌に当たれば火傷をさせてしまうため、アイロンを使う時はかなり気を遣う。

それに使用人のレベッカさんたちが扇で風を送ってくれているからかパトリシア様はそれほど暑がっていないけど、私は暑い。

軽く汗をかきながら、ハーフアップにして縛った上半分の髪も、下ろしたままの下半分の髪も、縦ロールに近い感じになるようしっかりと巻いていく。

そして最後に軽く整髪料をつけ、おまじない代わりに私の魔力を込めてさらに艶を出す。

すると髪を固めなくても綺麗にまとまり、華やかな雰囲気も出た。

パトリシア様の元々の癖もふんわりとしたカールで可愛いけれど、広がらないようにがっつり巻く必要があった。

癖毛の髪のいいところは、一度巻けばちゃんと癖づいてくれ、ちょっとやそっとじゃ元には戻らないところだ。

ストレートアイロンでまっすぐにした方がバクスワルド風にはなるのかもしれないが、パトリシア様の髪を伸ばそうとしても竜人女性のような綺麗なまっすぐな髪にはならないし、中途半端になってしまう。

それにまっすぐな髪よりこちらの方がパトリシア様に似合っていると思うし。

「素敵！　豪華で華があって、私が言うのは変だけど、まるでお姫様みたいよ」

パトリシア様は嬉しそうに顔の角度を変えて、鏡の中の可愛らしい自分を何度も確認した。喜んでもらえて嬉しい。パトリシア様が動くたび、巻き髪も揺れている。

「本当にお姫様ですね」

「こういう巻き髪もいいですね。やってみたい」

レベッカさんとモナさんが順番に言い、サリさんもちょっと羨ましそうにパトリシア様の髪を見ている。

「あとは髪飾りをつけて終わりです」

私はそう言ってテーブルに目を向けるが、そこに髪飾りが入っている箱がなかったので、キリアンに尋ねる。

「キリアン、髪飾りの入っている箱はどこにあるの？」

三つある箱はキリアンが持っているのだ。見習いとして雑用をしますよと、髪飾りについた細かな汚れや指紋を綺麗に拭くと言ってくれたので、昨日から彼に預けていた。お茶会の前にパトリシア様の髪を整えるから、その時には持ってきてと言っておいたのに。

「キリアン？」

私が見ると、キリアンは視線を泳がせて下を向いた。そういえば今日は朝から挙動不審《きょどうふしん》で様子がおかしかった。

「どうしたの？　何かあった？　困り事なら――」

「メイナさん、すみません！」

私の言葉の途中で、キリアンはいきなり頭を下げる。私もパトリシア様たちもびっくりして目を丸くする。

キリアンは眉をしゅんと下げて説明を始めた。

「実は、今朝起きたら机の上に置いておいたはずの髪飾りの入った箱が三つともなくなっていて……」

「なくなっていたと言ったって、箱が勝手に消えるわけないでしょう」

厳しい口調でそう言ったのはレベッカさんだ。

「あなたの部屋でなくなったのなら、行方《ゆくえ》を知っているのはあなただけよ」

「自分でどこかへやったならさすがに忘れませんよ」

「じゃあ誰が箱を移動させたと言うの？」

「……昨晩、お風呂へ行った時に、部屋に鍵をかけ忘れたみたいなんです。だからその時に誰かに盗られたに違いありません。お風呂から帰ったらすぐに寝てしまったので、箱がなくなっているのに気づいたのは今朝でしたが」

キリアンはレベッカさんに詰問《きつもん》されて小さくなっている。

私は彼の肩に手を添えて言う。

「今朝気づいたなら、その時にすぐ言ってくれればよかったのに……。でも一体誰が髪飾りを盗んだのかしら」

「もう！　キリアンったら。あの中には私の私物もあるのに」

パトリシア様はぷくっと頬を膨らませた。そう、三つある箱の中の二つには私が買い集めた髪飾りが、そして残りの一つにはパトリシア様の私物の髪飾りが入っている。

私の買い集めた髪飾りもどれも気に入って買ったものばかりだし、世界に二つとない珍しいものもあるので盗まれたのはショックだが、パトリシア様の私物は高級品が多いのでそれを全て盗られたとあっては私の立つ瀬がない。

「申し訳ありません、パトリシア様」

私はパトリシア様に深く頭を下げる。

「……できれば犯人を見つけて髪飾りを取り戻してね。城の中にそういう事をする人がいるなら問題だし、女官長やダリオ殿下たちにも相談して」

「はい、必ず見つけます」

私はもう一度頭を下げた。パトリシア様は私や使用人がミスをした時、「もう！」と一度は怒るものの、そのまま感情的に責めたりはしない。時には今のように冷静に助言をくれたりして、私は彼女のそういうところも尊敬している。

パトリシア様は困ったように続ける。

「でもこの後のお茶会はどうしようかしら？　せっかく王妃様に招待されてるのに、髪飾り無しじゃ駄目よ。犯人はただ高そうな髪飾りだったから盗んだのかと思ったけど、私に恥をかかせるために盗んだという可能性もあるのかしら？」

「……犯人の目的は分かりませんが、今日のお茶会の事は心配なさらないでください。ちゃんとした髪飾りがなくても、他に代用できるものはいくらでもあるんです」

そう言って、私はレベッカさんたちが管理している宝飾品の入った箱を開けてもらった。

「例えば、こういった細いチェーンに宝石が等間隔についたような長めの首飾り、あとは真珠の首飾りもいいですね。そういったものをこんなふうに頭に巻きつけるように飾ると……」

「あら、いいわね」

「天使か妖精のようです」

パトリシア様に続いてモナさんが言う。けれど私は一旦髪につけた首飾りを取った。

「それにブローチももちろん使えます。けれど今日の髪型には生花を使おうと思います」

「でも夏の終わりの今の季節、咲いている花は限られていますよ」

そう言ったのはレベッカさんだ。彼女は私が花人だとは知らないから。

私は笑って花を生み出し、葉と花粉を取って茎を切り、パトリシア様の髪にさしていく。淡いピンクや黄色、水色や白といった色とりどりの小さな花を。

夜会に行くなら大振りな花を一つさしてしっとりした雰囲気にしたけれど、今日のお茶会は昼間に庭で行うという事なので、明るい雰囲気になるように仕上げた。

「あなた、魔法使いだったの？」

「いいえ、ただの花人です。花を生み出すのは、花人なら誰でもできると思います」

「花人……。そうだったの」

レベッカさんたちが驚いている一方、私が花人だと知っていたパトリシア様は目をつぶって花の香りに酔いしれていた。

「本物のお花を髪飾りにすると、香りも楽しめるわね」

これでお茶会は大丈夫そうだけど、盗られた髪飾りはどうやって取り返そうか。

髪飾りを盗まれた事、私はとりあえず女官長のトーパンさんに相談し、犯人探しに協力してもらった。

キリアンを気に入っているらしいトーパンさんは、キリアンが頼めば、他の仕事を差し置いてこちらに手を貸してくれる。

しかし、髪飾りは翌日にはあっさり見つかった。

城の外のひと気のない場所に置かれていたのを、レイが見つけてくれたのだ。箱は三つとも無事で、中身も全て揃《そろ》っていた。

「ありがとう、レイ！」

安堵するあまり、この時ばかりは私もレイに抱きつきたくなった。けれどそれはできないので笑顔をこぼす。

「どう致しまして」

するとレイも冗談ぽく騎士の礼を取って、大人っぽくほほ笑み返してきた。部屋にはキリアンとレベッカさん、モナさんとサリさんもいて、キリアンは髪飾りが見つかった事にホッとしている。

私はレイに向かって続けた。

「でもよく見つけたわね。あんなところ、たまたま通りかかる事はないでしょう？」

そこにあるんじゃないかという疑いを持っていないと、わざわざ行かない場所だ。

しかし私の言葉に対して、レイは黙るだけで何も返さない。何も聞こえない、というようにこちらから顔をそらしてあらぬ方を見ている。

いや、あなたに質問してるんですけど……。

「匂いですか？」

と、そこで口を開いたのはモナさんだ。

「昨日、花人だと知って納得したのですが、メイナさんはお花のような甘い、いい香りがするので」

「え、そうですか？」

「私たち竜人は人間より、そしておそらく花人よりも嗅覚《きゅうかく》が鋭いので、より体臭を感じるのかもしれないですけど」

体臭と言われると何だか恥ずかしい。いい香りとは言ってくれたけど、嫌な匂いもしていないか気をつけないと。

私が密かに自分の腕に鼻を寄せてくんくん匂っている一方、レイが妙に淡々とした口調で言った。

「いくら竜人の嗅覚が鋭いと言っても、さすがにその箱についたメイナの残り香を辿《たど》る事はできない。犬じゃないんだから」

「そうですよね、さすがに。例外として、番だと相手の香りをより強く感じるから、残り香を辿る事も不可能ではないですけど」

モナさんはちらりとレイを見て言う。

まぁレイは本当にたまたま見つけたのか、それとも城の見回りをしている騎士仲間から報告を受けて見つけたのだろう。

そして犯人は、トーパンさんが使用人たちみんなに犯人探しを指示して事を大きくしたから、怖気づいて何も盗む事なく適当な場所に放置したのかも。

だから犯人はパトリシア様にお茶会で恥をかかせようとして盗んだわけではないと思う。だって目的がそれなら、髪飾りを盗む以外にももっと効果的なやり方があるはずだし。

でも犯人が分からないから真相も分からないので、一応パトリシア様を貶《おとし》めようとする人間が城に潜《ひそ》んでいると思って気をつけなければならない。

「けれど本当に無事に見つかってよかったわね」

「お騒がせしました」

ねぎらいの言葉をかけてくれたレベッカさんに、疲れたほほ笑みを返す。すると、レベッカさんとモナさんが順番に言う。

「昨日からずっと調査や捜索を続けて疲れたでしょう。少し休んだら?」

「そうですよ。それに何か精のつくものを食べた方がいいです。メイナさんって少食ですし」

「そうですか?」

たまにモナさんやレベッカさんと一緒に食事を取る事もあるので、食べ切れないと思った時は料理人に言って量を減らしてもらっているのも見られていたのだろう。

だけど体調によってたまに肉を二切れ減らすとかスープを半分に減らすとか、その程度の事なので特別少食というわけでもない。というか、私が少食なのではなく、竜人の食べる量が多いのだと思っていた。

なのに、レベッカさんとモナさんはやたらと私の事を心配してくれる。

「私、顔色でも悪いですか？」

「いえ、そういうわけじゃないんだけど、あなたが花人だって知ってから心配になってしまって」

レベッカさんは続ける。

「だって私たち竜人の中では、花人ってか弱いイメージがあるのよ。それこそ花のようにすぐに折れてしまうんじゃないかって。私たちが頑丈だから余計にそう思うのかもしれないけど」

「竜人の方は体も強いって言いますもんね。考えると、人間や海人、闇人や森人と色々いる中で、竜人と花人は対極にいる存在かもしれません。でもおそらく、レベッカさんたちが想像しているより花人は強いですよ。人間とほとんど変わらないと思うので」

「本当に？」

レベッカさんが疑わしげに言うので、私は笑ってしまった。

「大丈夫ですよ。今まで自分の事を虚弱だと思った事はありませんし、今も疲れてはいませんから。でも心配してくださってありがとうございます」

一方、私たちがそんな会話をしている時、キリアンは「よかったー」と見つかった髪飾りを見ながらサリさんと楽しそうに会話をしていた。

キリアンはいつも通りにこにこ笑っているけれど、サリさんまで笑顔でいる事に私は少し驚く。

キリアンはよく喋るし人懐っこいけど、今まで笑った顔を見せてくれた事のないサリさんの心もほぐすとは。

しかもサリさんはちょっと頰を赤らめているような……。

キリアンはトーパンさんにも気に入られているし、ちょっと気難しい人に好かれるような、人たらしの才能があるのかもしれない。

そして髪飾りが見つかってホッとしたのも束の間、その数時間後に私はパトリシア様からこう依頼された。

「王妃様がメイナに髪を結ってほしいんですって。お茶会の時にしていた私の髪型も気に入ってくれたの。それで明日の午前中に私と一緒に王妃様のところに行って、王妃様と三人の侍女の髪を結ってくれない？」

「ええ、もちろん。光栄です」

私は二つ返事で引き受け、翌日、パトリシア様とキリアンと共に王妃様の私室に向かったのだった。

王妃様の髪を結いに行くと、部屋には王妃様と王妃様の侍女三人がいて、私の事を待ち構えていた。

王妃様の歳は四十代、侍女たちは三十代から四十代くらいだろうか。侍女の三人はバクスワルドの上級貴族の夫人らしく、王妃様に負けず劣らず気位が高そうだ。

「待っていたわよ。あなたが髪結師ね」

「メイナ・スプリングと申します、王妃様。こちらは見習いのキリアン・ソウです」

「ではメイナ、さっそく髪を結ってちょうだい。代わり映《ば》えのしない髪型はもう飽きたわ」

王妃様は霞色《かすみいろ》の髪の美女で、はきはきと話す、さっぱりした雰囲気の人だった。竜人の女性らしくすらりと長身で細身だけど、胸は豊かだ。髪は癖がなくまっすぐで、今は下ろして右側に垂らしている。侍女三人も髪は直毛だ。

「わたくしたちも髪を巻いてみたいのよ。昨日のパトリシアのように」

「ではアイロンを使いますね。髪を巻く事もできますが、上品なウェーブをつける事もできますよ。でもどちらにしても王妃様たちのようなまっすぐな髪に癖づけるのは難しく、長時間は持たないと思います」

「いいのよ。昼食の時に陛下を驚かせれば満足だから」

王妃様はそう言ってフフフと笑ったので、私はキリアンに手伝ってもらって暖炉に少量の薪をくべ、アイロンを熱した。

そして王妃様たちと話して髪型を決めると、まずはさっそく髪にアイロンをかけていく。

バルコニーに続く部屋の大きな扉は開け放たれているし、王妃様の使用人が私の事もずっと扇ぎ続けてくれているがやっぱり暑い。

しかも今日はこれを四人もやらないといけない。みんなウェーブをつけたがると思わなかったから予想外に疲れそうだけど、期待されている分、完璧にやり遂げたい。

「大丈夫ですか？　僕が代われればいいんですけど……」

途中でキリアンがそう小声で気遣ってくれた。

だけどキリアンはアイロンを使った事がないと言うし、初めての人に王妃様たちの髪を任せるのはさすがに心配だ。

皮膚にアイロンが当たってしまうのも心配だけど、長い髪は女性の命だから、もしアイロンを長く当て過ぎてしまったりしてその髪を傷めるような事があれば取り返しがつかない。

女性にとって、髪は本当に大切なものなのだ。

「ありがとう。大丈夫よ」

だから私は汗をかきながらそう答えた。

一方、王妃様とパトリシア様はこんな会話をしている。

「ダリオとは順調に仲良くなっているの？」

「ええ、昨日はお忙しかったようですけど、なるべく毎日時間を見つけて部屋を訪ねて来てくださいます。殿下は私の事を気にしてくださっているんです。バクスワルドに馴染めているかって」

「国も違えば種族も違うものね」

「私も最初は不安でしたけど、いざバクスワルドに来てみると親切な竜人の方も多くて安心しています。王妃様にもよくしていただいて」

「私は娘を可愛がりたいだけよ」

二人の仲は問題ないようで、会話を聞いていると私もにこにこしてしまう。王妃様はパトリシア様の事を受け入れてくれている。

パトリシア様は今、世間で流れている自分に関する悪い噂を気に病んでいるが、王妃様やダリオ殿下の存在が大きな支えになっていると思う。

やがて王妃様と侍女三人の髪にアイロンを当て終えると、次に私はその髪を結っていった。

そうして、時間はかかったが四人の髪を整え終える事ができた。

「上品で素敵だわ」

王妃様はアイロンで緩くウェーブをつけ、その髪を首の付け根の辺りで結った。せっかく綺麗に波打っている髪を伸ばさないようにゆったりと。

そして同じくウェーブをつけた長い前髪は、耳を隠すように後ろに持ってきてピンで留める。耳を髪で隠すと、上品で色っぽい印象を与えられるのだ。逆に明るく元気な印象にしたい時は耳を出した方がいい。

侍女たちの髪型もそれぞれ希望通りに仕上がり、みんな喜んでくれた。

「見て。まるで私じゃないみたいだわ。急いで帰って夫に見せないと！」

「きっとびっくりするわよ」

四人とも私より一回り以上歳上の既婚女性だけど、鏡を見てきゃいきゃいはしゃいでいる少女のような姿を見ると、私まで嬉しくなる。

こういう姿を見られるから髪結師って楽しい。

「ありがとう、メイナ」

王妃様は満足気に笑ってそう言ってくれた。そして手間賃――にしてはたっぷりだったが――を下さったので、王族に遠慮するのも失礼だとありがたくちょうだいする。

仕事を終えると、王妃様たちとの会話が弾んでいるパトリシア様を残し、私とキリアンは髪結いの道具を持って退室した。

「これ、後でキリアンにも分けるわね」

廊下を歩きながら、王妃様に貰った小袋を軽く持ち上げる。

「僕はほとんど何もしてないですし、いいですよ。メイナさんが全部貰ってください」

「そういうわけにはいかないわ。キリアンはちゃんと手伝ってくれたもの」

私がそう言うと、

「メイナさんって、〝正しく生きてる人〟ですよね」

キリアンは目を細めて薄っすらと笑った。

「一生懸命働いていて向上心があるし、真面目です。周りを思いやれる余裕もあるし、きっと今まで髪結師としての技術を磨《みが》くためにたくさん努力してきたんですよね。確かなものが自分の中にあるから、誰かを妬《ねた》む事もない」

「何？　急に……」

冷静に対象を観察しているような口調なので、褒められているはずなのに今一つ嬉しくない。

しかしキリアンはそこで口調を砕けさせると、ニコッと笑ってからかうように言う。

「メイナさんって男の人にモテないだろうなと思って。綺麗だからきっと『いいな』と思われる事はたくさんあったでしょうけど、実際にアプローチされた事は少ないでしょ。あんまり男の人がつけ入る隙がないんですよね」

「余計なお世話です」

やっぱりこのお金をキリアンに分けるのはやめようかと一瞬思いながら言い返す。

「でもそういう完璧な女性の方が僕は興味ありますよ。メイナさんが恋をしたらどうなるのかなって気になります」

そう言うキリアンから私は目をそらした。

彼の瞳を見ていたら、また心がそわそわしてきたからだ。私の心臓の鼓動がキリアンに聞こえていないか心配になる。

と、そこで――。

「キリアン！」

廊下の先にいた使用人のサリさんが、片手を上げて気恥ずかしそうにキリアンの名を呼んだ。

キリアンも片手を振ってこう言葉を返す。

「これ片付けてくるから、ちょっと待ってて」

ちょうど私の私室が近かったので、私とキリアンは持っていた髪結い道具を部屋に運ぶ。

「サリさんと仲良くなったのね。私はまだ仲良くなれてないのよ。コツがあったら教えてほしいくらい」

「コツはありますけど、内緒です。僕はメイナさんともっと仲良くなるコツを教えてほしいですけど」

キリアンはウィンクしながらそう言い、固まっている私を置いて部屋を出て、サリさんのもとに向かった。

サリさんとすでに仲良くなっているのに、私とも仲良くなりたい？　それとも私とは友達として仲良くなりたいという意味なのか、サリさんとも友達として仲良くしているつもりなのか……。

サリさんはあきらかにキリアンを意識しているというのに、本当に人たらしだなぁ。

なんて事を思いながら、私はソファーに腰を下ろす。

「ふぅ……。疲れた」

さっきからずっと胸の辺りが気持ち悪い。

ハンカチで汗を拭《ぬぐ》って背もたれにぐったりと体を預ける。ただでさえ気温が高いのに、そんな中でアイロンを使って四人の髪を結ったのだ。暑さにやられたのかもしれない。少し頭も痛むし、何だか指先がしびれているような気もする。

一度座ってしまうと動くのは億劫《おっくう》だったが、水を飲みたいと思って立ち上がった。そして部屋を出て、使用人用の食堂がある一階に向かう。

（ふらふらしてきた）

手すりに摑まりながら階段を降り、中庭の脇を通る回廊にさしかかったところで、私は深く息を吐いて足を止めた。頭がぐるぐる回っている。

このままでは食堂に着く前に倒れるかもしれないと思ったので、中庭にあるベンチに一旦座ろうとそちらに向かう。

ベンチはいくつかあったが、自分から近いところの日陰にあったベンチに腰を下ろした。でも結局座っていられずに横になる。

中庭の角にあるこの木製のベンチは、一日中日陰になる位置にあるからか、頬をつけると少しだけひんやりしていた。

ここで休んでから水を飲みに行こうと目をつぶる。

すぐ隣には回廊が通っているが、壁があって死角になっているからか、通る人は誰もベンチの上で横たわっている私に気づかない。

「やっぱり！　ここにいると思った」

と、遠くでモナさんの声が聞こえた気がして目を開ける。

私の事を探しに来てくれたのだろうか？　と一瞬思ったのだが、それはどうやら違うようだった。

距離があるので小さくしか見えないが、モナさんは彼女の番のパドルさんを見つけて駆け寄っていったようだ。パドルさんも嬉しそうに言う。

「僕もモナが近づいてくるのを感じたよ」

そうして二人は、この前逢引《あいびき》していた時と同じように少しの間いちゃいちゃして、また各々の仕事に戻っていった。

他人が幸せそうにしている姿を見るのは好きだけど、今はちょっとだけ泣きそうになる。私、このまま誰にも気づかれずに死んだらどうしよう。

ただ暑さにやられただけなのに、そんなふうに考えて弱気になる。

しかしその時――。

息を切らせたレイが回廊から中庭に飛び出してきて、突然私の前に現れた。

けれどまだ私には気づいていなくて、中庭を素早く見回した後、ふと振り返ってから死角にいた私に気づく。

「メイナ！」

レイはベンチの上で倒れている私を見ると、大きく目を見開いてこちらに駆け寄ってきた。

「レイ？　何してるの……？」

薄っすらと目を開けたまま尋ねる。レイは体温を計るように私の頬やおでこに手を当てながら答える。

「近衛を交代しようと王妃様の私室にいるパトリシア様のもとに行ったら、部屋が暑かったからどうしたのかと尋ねたんだ。そうしたらメイナが火を使ってアイロンを熱し、王妃様たち四人の髪を結ったと言うから、今頃熱中症になっているんじゃないかと予想して来てみたんだ。そしたら案の定……」

王妃様の部屋が暑かっただけで、よく私が熱中症になっている事まで予想したなとぼんやり思う。

レイの瞳には焦りが浮かんでいて、私の事を本当に心配してくれているらしい事が分かる。

私がちょっと倒れただけで、どうしてそんな顔をするの？

「私がここにいるのは、どうして分かったの？」

体調が悪い中で尋ねたのに、レイはそれを無視して立ち上がって、ここから走り去って行ってしまった。

あれ？　助けに来てくれたのでは……？

置き去りにされたのかと思ったけど、レイはすぐに戻って来た。左手に水の入ったコップ、そして右手に同じく水の入った桶《おけ》を抱えて。

レイは桶を置くと、まず私の上半身を起こして水を飲ませてくれた。

「ありがとう」

「いいから、飲んで」

レイに支えられながら少しずつ水を飲む。

「もっと欲しい？」

「ううん。もういい」

かすれた声で答えてまた目をつぶる。レイは私を再びベンチに寝かせて、今度は桶の中に入っていたタオルを絞り、私のおでこに乗せた。冷たくて気持ちいい。

タオルはもう一枚あるようで、次はそれを絞って私の首に巻いてくれた。今日着ているのは夏用のドレスで、鎖骨が見えるくらい首元が開いているので襟《えり》が濡れる事はない。

首筋はおでこよりも冷たさを敏感に感じるのか、とてもすっきりする。体にこもっていた熱が一気にタオルに吸い取られていくようだ。

タオルはすぐに温かくなってしまうので、レイはこまめに水につけ直してまたおでこや首筋に当ててくれた。

私はレイに介抱《かいほう》されるまま、しばらく黙ってじっとしていたけど、少しずつ気分がよくなってきた気がするのでそっとまぶたを上げた。

レイは水に触れて冷たくなった手で私の熱い手を握ったまま、心配そうに言う。

「気分はどう？」

「マシになってきたかも。ありがとう」

「抱え上げてもいい？　城の医務室に行こう。一応医者にも診《み》てもらわないと」

「そこまでしなくても……」

かすかな抵抗も虚しく、私はレイにお姫様抱っこされ医務室まで運ばれた。すれ違う使用人たちが何事かと見てくるのが恥ずかしい。

レイは美形な上にダリオ殿下の近衛騎士をやっているからか目立つ存在で、一緒にいるといやでも注目を浴びるのだ。

「失礼します」

医務室に着くと、レイは私を抱えたまま片手で扉を開け、中に入った。そこにいたのは、四十代くらいの少しだらしない格好をした――無精ひげを生やしているし、シャツにも白衣にも皺がある――医者らしき男性だった。

「お、レイ・アライド君じゃないか。そのお嬢さんはどうした？」

「熱中症になったんです。診てください」

「熱中症？　珍しいな。随分《ずいぶん》ひ弱な竜人だ」

「竜人じゃなく、花人なんです。早く診てください。このベッド使いますよ」

「おい、勝手に……。まぁいいけど。水は飲ませたか？」

「ええ」

レイが医務室にあったベッドに私を寝かせると、先生がやってきて、タオルを取ってから私のおでこや首筋に何度も触れた。

するとレイが不機嫌に言う。

「あまり触らないでください」

「お前が診ろって言ったんだろ」

先生は一度怒った後で、私の容態について「まぁ問題ないだろう」と言った。そしてタオルをひらひらと揺らして続ける。

「応急処置がよかったな。お前がやったんだろ、これ？　この前、熱中症になったらどうしたらいいか俺に聞きに来てたもんな」

レイが？　と思って、私は視線を彼に向けた。先生は続ける。

「バクスワルドの夏の炎天下でも竜人はめったに熱中症にならないのに、一体何を思ってそんな事聞きに来たのかと思ったが、その子の事を心配してたのか。花人ねぇ……」

「もう少しここで休ませてもいいですよね？」

レイは先生と会話をする気がないのか、有無《うむ》を言わさぬ口調で自分の聞きたい事だけを尋ねた。

「それはもちろん構わんさ」

と、そこで医務室に怪我《けが》をしたらしい騎士がやって来たので、先生はその手当てを始めた。

レイはベッドを囲むカーテンを閉めた後、ベッド脇の椅子に座って私の手を握る。

ちらりと見ると、レイは最初は心配そうな顔をしてくれていたのに、今は何故か眉間に皺が寄っていっている。

そして怒っているような口調でこう言った。

「僕らが想像しているより花人は強いだって？　よく言うよ」

レイが言っているのは、『レベッカさんたちが想像しているより花人は強いですよ』という、昨日私が言ったセリフの事だろう。

「王妃様に頼まれて仕方がなかったのかもしれないけど、自分の体の弱さを自覚して仕事をしないと」

「……でも、今まで熱中症になった事はなかったのよ」

「それはミュランの気候が穏やかだからだ。バクスワルドでは今まで以上に体調に注意するべきだよ」

レイは厳しい口調で続ける。

「ミュランで会った時、君はあまり自分が花人である事を意識していないと言っていたね。親が花人だというくらいで、周りはみんな人間ばかりの環境で育ってきたし、それに花人は人間とほとんど変わらないからと。確かに見た目は人間と同じだけど、でも体質は違うんだから――」

お説教され、私がしょんぼりし始めると、レイはそれに気づいて言葉を止めた。

私は弱々しく言う。

「怒らないで」

「……ごめん」

レイは反省したように答えて私の手をぎゅっと握ったけれど、すぐに力を緩めて怖々握り直した。まるで壊れ物を扱うかのように、優しく。

そんなにそっと触れなくても私の手は潰れたりしないのに、レイってば私を花人じゃなく、ただの花だとでも思っているんじゃないだろうか。

それにさっきからずっと手を握ってくるけど、私の番をやめたと思ったら、今度は心配性な母親にでもなるつもりなのかしら？　と、私は密かにそんな事を思ったのだった。

翌日。すっかり元気になった私は、パトリシア様の散歩に付き合って城の前庭を歩いていた。前庭は広く、人工的に作られた小川も流れており、観賞魚も泳いでいるので、その小川に沿って歩く。

使用人のレベッカさんやモナさん、サリさんも一緒で、後でお茶ができるように、かごにティーセットやお菓子を入れて持って来てくれている。

「外は風があって気持ちいいですね」

「ええ、そうね」

私やパトリシア様は日傘を差しているので、日差しは遮《さえぎ》る事ができている。普段なら私は日傘なしで外に出ていたところだけど、昨日熱中症になってしまったので今日は用心する事にしたのだ。

けれど、後ろから他の近衛騎士と一緒について来ているレイの視線が痛い。いつ体調不良の兆候《ちょうこう》が出ても気づけるように、何気ない動作や表情をつぶさに観察されている気がする。

レイは昨日からどうしたんだろう。あの心配っぷりが嘘とも思えないし、本当に私の親にでもなったつもりなのだろうか。

――と、私がそんな事を考えていた時だった。

城の正面の門に近づくと、外が騒がしい事に気づく。門まではまだ距離があるが、そちらに目をやれば門の外に人垣ができていた。

門番が追い払おうとしているが、人々は門番を無視して、片手を振り上げながら城に向かって何かを言っている。

「結婚反対！」

「ダリオ殿下とパトリシア王女の結婚反対！」

彼らが何を言っているのか認識して、私はとっさにパトリシア様の耳を塞ぎたくなった。けれどすでにパトリシア様も彼らに気づいて、表情を凍《こお》らせている。

「パトリシア王女はよき王女ではない！　ダリオ殿下にはふさわしくない！」

日傘で顔が隠れていたおかげか、庭木が障害物になって姿がよく見えないのか、彼らはパトリシア様が庭にいる事には気づいていない。

「城の中に戻りましょう」

レイが近づいてきてパトリシア様に言う。パトリシア様は日傘に隠れて少しうつむいたまま頷いた。

そして私はパトリシア様の肩を抱いて励ます。

「どうか気になさらないでください。パトリシア様の事を何も知らないのに、いい王女ではないだなんて……。彼らは根も葉もない噂を鵜呑《うの》みにしているだけです」

「そうですよ。惑わされやすい愚かな者たちです。ああやって行動を起こすから目立ちますが、ほとんどの竜人は噂を鵜呑みにはせず静観しているのですから。それに私たちはもちろん、パトリシア様の事を素晴らしい王女様だと思っています」

レベッカさんも同意してそう言ってくれた。

けれどパトリシア様は肩を落としたまま、こう呟いたのだった。

「みんなから好かれるのは無理だと分かっているけど、嫌われるのは悲しいわ……」

翌日、私は街に出かける事にした。

今日はパトリシア様もダリオ殿下と一緒に昼食を食べるくらいしか予定がないらしく、朝のうちにしっかりパトリシア様の髪を整えたら、後の私の仕事は夜に彼女の髪の手入れをするだけなのだ。

だから昼間は時間があるので、せっかくバクスワルドに来たのなら街の様子も見て、庶民の女性たちの髪型も観察してみようと城を出た。

お金も持ってきたので、お店で髪飾りや櫛なんかも見てみようかな。

昨日の事を気にしているパトリシア様も、ダリオ殿下と話をして気分転換できるといいけれど。

そんな事を考えながら王都の街を歩いていると、道行く女の子たちがこちらを見て、みな一様にポッと顔を赤らめているのに気づく。

「かっこいい……」

ある少女はそんなふうに呟いて私の横を通り過ぎていく。

かっこいい？　私が？　いや、そんなわけないか。

よく見れば、彼女たちの視線は私から少しズレた上を見ている。一体何を見ているのかと振り返ろうとした時、それより早く後ろからポンと肩を叩かれた。

「メイナ、日傘は持ってきた？」

振り向くと、そこにはレイが立っていた。

「どうしてここにいるの!?」

びっくりして声が上擦《うわず》る。レイは道行く女の子に密かにきゃあきゃあ言われながら、愛想なく答える。

「僕は今日は休日だから」

「それじゃ、あなたがここにいる答えになっていないと思うんだけど。休みならゆっくりしていればいいのに。それともあなたもたまたま街に遊びに来る予定だったの？」

「そんなところだよ」

はっきりしない答えだ。私は軽く片手を上げて言う。

「そうなの。……じゃあ、私はこれで。熱中症には気をつけるわ」

持っていた日傘を差してそのまま去ろうと思ったのに、レイに肩をガシッと摑まれた。

「待って。君は街に出るのは初めてだろう？　迷わないように僕が案内するよ。この辺はスリも多いし」

「スリ？　そうなの？　ううーん……えー……じゃあ、お願いしようかしら」

だいぶ迷ってから言う。レイと二人きりは気まずいけど、確かによく知らない街を一人で歩くのは不安だと思って。

レイは満足げに頷く。

けれどその後、一緒に歩き始めても、レイは私の隣にいるだけで特に道案内をしてくれなかった。

と言うか、栄えている大通りに沿って歩いているだけなので案内は必要ないような気がする。

髪飾りを扱っていそうな店を尋ねても、「今までそういう物に興味がなかったから分からない」と言うだけで役に立たないし。

仕方なく自分で店を探しながら、道行く人々の髪型も観察する。

「竜人の男性はやっぱり短髪の人が多いわね。レイでも長い方だわ。そして女性もやっぱり、長いまっすぐな髪の人が多いわね」

と、他人の事ばかり見ていたら、私も人から見られていたようだ。

こちらに近づいてきたのは、若い女性の三人組だった。

「ねぇ、あなた。その髪どうやってるの？」

どうやら私の髪型に興味を持って声をかけてくれたらしい。

今日は後ろで一本の三つ編みにしているのだが、普通の三つ編みではない。まずハーフアップにした髪の束をくるっと中に入れ込み、その毛束と下ろしたままの下半分の髪で三つ編みを三つ作る。それをそれぞれふんわり緩めて、その三つ編み三つでさらに三つ編みを作れば完成だ。

普段ならここからさらに髪をまとめていくけれど、今日はバクスワルドっぽくもしたかったので下ろしたままにした。髪飾りは白いカチューシャだ。

「意外と簡単にできますよ。よければ今、あなたの髪でやってみましょうか？」

「いいの？」

「メイナ……」

レイが心配そうに呟いたのが聞こえたが、張り切っている私を止められないと思ったのか、諦めて〝日傘持ち〟の役に徹してくれた。

通行人の邪魔にならないよう道の端に寄って、三人の髪を私と同じように結うと、彼女たちは笑顔になって喜んでくれた。

「本当、結構簡単ね。二回見たらやり方は覚えたわ。三つ編みもした事あるし、私でもできそう」

「ええ、是非挑戦してみてください。あと、これもどうぞ。パトリシア王女がバクスワルドに来た直後、パーティーでされていた髪型です」

私は鞄から髪型の作り方を描いたビラを取り出し、三人に渡した。パーティーの時にも貴族たちに渡したビラだ。こんな事もあろうかと持ってきていたのだ。

「王女様がしていた髪型？」

女性たちの目が輝き出す。お姫様と一緒の髪型って、憧れるよね。

「遠慮なく貰うわ。ありがとう」

「どう致しまして」

「ところで……あなたと彼って恋人同士？　まさか番なの？」

女性はレイと私を見て、声を潜めて尋ねてきた。私はすぐさま「違いますよ」と否定する。

そこで女性たちはレイをお茶に誘っていたけれど、レイは人のよさそうなほほ笑みを浮かべつつ「彼女についていないといけないので」と私を指して断った。

別に全然、ついていないといけなくはないんだけど。

「残念だわ」

「あー、私の運命の番はどこにいるのかしら？」

嘆きつつ去って行く彼女たちを見ながら、私は言う。

「やっぱり竜人の若い女性は番の存在に憧れるものなのね」

「全員に現れるものではないから、余計にね」

確かに運命の人には憧れるけど、番ってそんなに大きな存在なのかな？　と私は疑問に思った。だってレイは番を間違えたんだから。

間違えないようのない存在が番なんだろうと思っていたけれど、レイを見ていたらそこまでの存在でもないような気がしてくるのだ。

「……」

番の話題で、私とレイの間に微妙に気まずい空気が流れる。

と、そこでレイが話題を変えるように、とある店を指さした。

「あ、ほら。あそこに宝飾品店があるよ。髪飾りもあるかも」

レイに押されるようにして、近くにあった店に向かう。高級そうなお店だから買える物があるかどうか分からないけど、とりあえず入ってみよう。

「いらっしゃいませ。何かお探しですか？」

店の扉を開けると、店主らしき初老の紳士が丁寧に声をかけてきてくれた。一瞬レイの事を値踏みするように見ていたから、レイはちゃんとお金を持っていそうだと判断されたのだろう。

私は半分ひやかしで入ってしまったけど大丈夫だろうか。

「髪飾りはありますか？」

怖気づいている私に代わって、レイが言う。

「こちらにございます」

「わぁ……」

案内されたショーケースを見て、私は思わず感嘆と緊張の声を漏らした。

そこには金や銀、宝石や真珠を使った豪華な髪飾りばかりが並んでいたのだ。それぞれが照明の光をキラキラと反射していて眩《まぶ》しい。

値札がついてないのが恐ろしいけど、金額を尋ねたらびっくりするような答えが返ってくるに違いない。今日はパトリシア様用の髪飾りを買いに来たわけではないので、値段を聞くのはやめておこう。

何も買えないと思いつつ、髪飾りのデザインはしっかり見ておく。あの小鳥のやつが可愛い。それにあっちの、宝石の雫《しずく》がいくつも垂れているのも素敵。髪につけたらシャラシャラと揺れるのだろう。

「あ、これ……！」

髪飾りはどれも綺麗だったけど、私はその中でも特に気になるものを見つけた。

大きな宝石がついているわけでも金ピカでもない、白一色のその髪飾りはこの中では地味な方かもしれないが、貴重なものだろうと予想できた。

「これ、白虹貝《はっこうがい》ですよね？」

「おや、よくご存知で」

私のような特別お金持ちでもなさそうな若い娘がそれを知っているのが意外だったのだろうか、店主は少し驚いたように言った。

白虹貝はその名の通り白い光沢のある貝で、光の当たり具合によって淡い虹が浮き出てくる。宝飾品に使用される美しい貝はいくつかあるけれど、白虹貝はその中で最も貴重で高価なものだ。

この髪飾りは小花が集まったようなデザインで、その花びら一つ一つが白虹貝でできている。この花びら一枚よりも白虹貝の方が大きいはずだから、貝を割って削って形を整えているのだろう。花の中心には小さなダイヤらしき宝石も輝いていた。

「ネモフィラを小さくしたような花だね。色は違うけど、形が」

私が髪飾りに釘付けになっていると、隣りにいたレイが同じ髪飾りを見て言った。

ネモフィラは小さな青い花で私も好きな花だけど、バラのように誰でも知っている花じゃないので、レイがその名前を出してきた事に驚いた。

「確かにそうね。でもよくネモフィラなんて知っていたわね」

「バクスワルドでも咲いてるんだよ。僕も小さい頃から見かけていたけど、でも名前は知らなかったから最近気になって調べたんだ。だから覚えてる。ネモフィラの事を『ベビーブルーアイズ』と呼ぶ国もあるらしいよ」

「そうなの……」

昔、母に「メイナの瞳はネモフィラのように綺麗な碧《あお》ね」と言われた事を思い出した。

だけど小さい頃から見かけていた何の変哲《へんてつ》もない花の名前が、レイはどうして最近になって気になったんだろう。見た目は王子様みたいでもレイの気質は騎士だと思うし、あまり花を愛《め》でるような性格じゃないと思うけれど……。

そんな事を気にしつつも、もっと気になる事を私は店主に尋ねた。

「あの、これおいくらですか？」

「そうですね、こちらは――」

恐ろしい金額が返ってくるはずと身構えたものの、店主が答えた金額は思ったよりも良心的なものだった。

高いのは高いし、私が買うとなると決死の覚悟が必要だけれど、途方もない値段ではない。

白虹貝は貴重とは言え、貝は貝という事なのだろう。隣りにある大きな宝石がついた髪飾りと比べると、桁《けた》一つは安そうだ。

「白虹貝を使った髪飾りは、うちではこれ一つです。他店でも扱っているところはなかなかないでしょう。これが売れてしまうと次にいつ入荷できるか分かりません」

「うう……」

私は迷った。この髪飾りは是非とも欲しいけれど、今の手持ちでは到底お金が足りない。取り置いてもらって後日お金を持って来ようかとも考えたが、「買います！」と即決するには額が大きい。少し冷静にならないと。

「とてもとても素敵なのですが、ちょっと考えさせてください」

そう言って、私は後ろ髪を思い切り引かれながら何とか店を出た。

「あれ、気に入ったんじゃないの？」

貴族出身のレイが悪気なく聞いてくる。気に入ったのに買わなかった理由が今一つ分からないみたい。

「あなたも店主が言っていた値段を聞いたでしょう？」

「聞いたけど、それがどうかした？」

本気で不思議そうに言うレイ。この、お坊ちゃまめ。

そうして白虹貝の髪飾りと泣く泣くお別れし、大通りを歩いていると、広場に小さな人だかりができているのに気づく。

どうやら新聞屋が新聞を売り始めたところのようで、広場を通りかかった人々がそれを買っている。私もバクスワルドの事を知るためにたまには買ってみようかと近づいていくと、

「さぁ、買った買った！　パトリシア王女の噂の真相だ！」

新聞屋の男がそんな事を言っているのが聞こえてきた。私は眉根を寄せ、財布から硬貨を出してそれを新聞屋に渡す。

「まいど」

一枚のビラのような新聞を険しい顔をして読む。後ろからレイも紙面を覗《のぞ》き込んできた。

内容は確かにパトリシア様の事が書かれていたが、『噂は根も葉もないものだった』という真相はどこにも書かれていない。

むしろ噂を肯定《こうてい》するような、パトリシア様をさらに貶める内容の記事だ。

「『ミュランの使用人の証言。彼女はずっとパトリシア王女に仕えていた、王女の事をよく知る人物である。その使用人によると、王女は見た目通りに幼いと言う。使用人の些細な粗相《そそう》に怒り、花瓶を投げつけて大怪我をさせた事もあったりと、すぐに癇癪《かんしゃく》を起こす。また、とにかく新しいもの好きの浪費家で、ドレスはもちろん宝飾品や調度品、飼っているペットや自分が乗る馬車まで、今のものにすぐに飽きては次から次へと買い換える。我が国の王子の事もすぐに飽きて、愛人を作るような事にならなければいいのだが』……」

読みながら、私の声は段々と低くなっていった。

ここに登場するミュランの使用人って一体誰？　本当に実在する人物なのだろうか。

私もミュランでパトリシア様に二年仕えていたけれど、パトリシア様が使用人に大怪我させたなんて話、聞いた事がない。

こんな事件が起これば、ミュランでも新聞屋は王族のスキャンダルを狙っているから、国内でだって騒ぎになっているはずだ。

それに新しいもの好きの浪費家というのもやっぱり間違ってる。流行には敏感で、新しいものを求める事はあるし、一度着て人前に出たドレスはもう二度と着ない事もある。でもそれは王族としておかしな事ではない。

バクスワルドの王妃様やダリオ殿下だって、一度着た服は二度と着ないという事は多いはず。

「それにパトリシア様はペットを飼ってないし！」

だから次々に新しいペットを飼うという事もない。

けれど周りでは、新聞を読んだ人々がざわめいている。

「使用人に花瓶を投げつけたですって」

「何て事」

記事を完全に信じているのかは分からないが、「こんな記事嘘だ」と言う人もいない。

でもここには誰もパトリシア様の事を知っている人がいないのだから当たり前だ。この記事が嘘かどうかの判断は、ここにいる人たちにはできない。

「この記事、あなたが書いたの？　ミュランの使用人に取材したのはあなた？」

私は新聞屋に詰め寄った。この場でパトリシア様の事を庇《かば》えるのは私しかいない。

新聞屋の男は適当な感じで言う。

「いやー、俺は出来上がった新聞を売るだけの役目だから。記事の内容の事は俺に聞かれても分からねぇよ」

「じゃあこの嘘記事を書いたのは誰なの？」

「うちの記者だけど、内容が嘘っぱちだと責めるつもりならやめときなよ。新聞には真実を載せるのも大事だが、それより話題性のある売れる新聞を作る事が大事なんだと、開き直られて終わりだぜ」

へらりと笑われて私はムッとしたが、レイに「落ち着いて」と止められた。

「〝サン・ガーディアン〟はこういう新聞だから。でも読む方もそれは分かってるから大丈夫だよ。記事を全部信じたりはしない。……まぁ、普通は」

レイが最後に歯切れ悪くなったのは、近くにいたご婦人たちが新聞記事を信じて、「こんな王女は受け入れられないわ！」と真剣に言い出したからだ。

私は自分に気合を入れると、新聞を片手で掲げ、大きな声で言う。

「みなさん、どうかこんな記事を信じないでください。パトリシア王女は、噂されているような人物ではありません！」

人前で喋るのは慣れてないけれど、今は照れや恥ずかしさはなかった。

私は感情的にならないように、でもみんなの情に訴えかけるように話した。

「王女は愛する家族や親しい人たちと別れ、髪結師のお供一人しか連れずにこの国に来ました。ミュランを出る時は不安のあまり泣いておられたのです。けれど心細い思いをしながらも、王子と仲良くなるため、この国に馴染むために、まだ十六歳ながら一生懸命努力しておられるのです。どうかしばらくはこんな根も葉もない噂に惑わされずに、王女自身を見てあげてください」

　広場にいる人々は、新聞を読むのをやめて私の話に耳を傾けてくれた。

「もうすぐダリオ殿下とパトリシア王女の結婚式が行われます。その時には、みなさん是非城にいらっしゃってください。遠くからでも、ダリオ殿下と一緒にいる時の王女の笑顔を見れば、噂とは全く違う純粋な優しい方だと分かるはず。時折見せる真面目な表情や凛《りん》とした姿を見れば、王族の品格を感じられるはずです」

　私は真剣だった。

「彼女はこの新聞に書かれているような人物じゃない。どうかお願いします。王女の事を何も知らないうちから、彼女の全てを否定しないでください」

　言いたい事を言って、私ははぁはぁと息を切らせた。

　広場は数秒しんと静まったけれど、やがて一人が拍手をすると、その音は周りの人を巻き込んで段々と大きくなっていった。

「いい演説だったよ。政治家には見えないけど、王女様の事に詳しいという事は側近か何かなのかい？」

「いえ、私はただの髪結師です」

　声をかけてくれたおじさんにそう答える。

「あんたが王女様を大切に想ってるのは伝わってきたよ」

「我々は確かに少し冷静になった方がよさそうだ」

他にも街の人たちは次々にそう言葉をかけて来てくれ、私は胸を撫で下ろした。

パトリシア様の印象がこれで一気によくなるわけではないし、この広場にいる人たちだけに真実を訴えたって大きな変化はないのかもしれないけど、少しでも行動できてよかった。

そしてさらに行動すべく、私は鞄から例のビラを取り出してみんなに配った。

「王女様がパーティーでされていたおしゃれな髪型ですよ～。意外と簡単にできますよ～」

と営業スマイルで言いながら。

髪型を描いたビラが珍しいのか、みんな「どれどれ」と受け取ってくれる。

一連の光景を見ていたレイが、愉快そうにほほ笑んで言う。

「ミュランにいた時は知らなかったな。君がそんなふうに結構たくましいって事」

「褒め言葉だと思っておくわね」

私の言葉にもう一度笑みを見せてから、レイは新聞屋の男に向き直った。

新聞屋は自分の新聞より私のビラの方が人気なので「商売の邪魔だよ」とぶつくさ言っている。

「〝サン・ガーディアン〟は最近少しやり過ぎだ。特にパトリシア王女の事は、悪い事を書いた方が売れるとばかりに好き勝手な事を書いているね」

「あん？　何だよ、あんた。だから俺はただ新聞を売るだけの係だってーの」

「売るだけの係でも処罰されるだろう。ダリオ殿下は自分の妃になる王女の事で、真実ではない噂を流している者たちの事を罰するつもりだ。〃サン・ガーディアン〃の事もすでに目をつけておられる。あまり王女を貶めるような嘘ばかり書いていると身を滅《ほろ》ぼす事になるぞ」

レイが冷たい瞳を向けてそう脅した時、ちょうど向こうから馬に乗った騎士たちがやって来た。そのうちの一人は手に新聞を持っている。

「そこの新聞屋、これを売っているのはお前だな。あまり度が過ぎると……あ、おい！」

新聞屋の男は「やべっ！」と言うと、慌ててその場から逃げ出した。騎士たちは新聞屋を広場から追い払うためだけに来たのか、わざわざ後を追う事はしなかった。

ミュランもそうだが、バクスワルドでももう不敬罪は時代遅れになっていて、廃止されたのかもしれない。だから追っても今の段階では捕まえる事はできないのだろう。

私はレイに話しかけた。

「パトリシア様の悪い噂を流していたのは、〃サン・ガーディアン〃だったのかしら？」

「自分たちの新聞を売るためにとも考えられるね。でもまだ調査中だ。実はダリオ殿下たちは、隣国のカザルスが関与している可能性もあるのではと疑っておられる」

「カザルスが？」

「カザルスは、今回の結婚によってバクスワルドとミュランの絆《きずな》が強くなるのは嫌だろうから」

隣国の二国が手を組んで、より大きな存在になるのは確かに嫌だろう。

そう言えば、カザルスから横槍が入りそうになったからパトリシア様の輿入れも早まったんだっけ……。

まだカザルスが黒幕かは分からないけど、やりそうではあるなと私は思ったのだった。

「メイナ、聞いて！」

街から戻ったその日の夜には、パトリシア様の髪を就寝用に三つ編みにしながら、可愛いのろけ話を聞く事になった。

どうやら今日はダリオ殿下と昼食を一緒に食べた後、ウェディングドレスを試着してみたらしい。ドレスはまだ完成していないが、一度着てみてサイズを確かめたようだ。

それでダリオ殿下は、ウェディングドレスを着たパトリシア様を綺麗だと褒めてくれたとか。

「それに殿下は結婚式が待ち遠しいって言ってくださったわ」

パトリシア様はうっとりして言う。

「私、最初は竜人の殿下の事、少し怖いなと思っていたのよ。でも話せば話すほど素敵な人だなと思うわ。私にはない大らかさと快活さがあって、話していると元気になるの。気取らずに、いつも素直に気持ちを伝えてくれるし」

「よかったですね。お二人が仲睦まじい夫婦になる未来が見えるようです」

私はほほ笑んで言った。パトリシア様とダリオ殿下の距離は順調に縮まっているようで何よりだ。番でなくても、素敵な夫婦になれるだろう。

パトリシア様がベッドに入ると、私は櫛《くし》などの道具をまとめて部屋を出た。すると同じく寝室にいた使用人のサリさんも、私を追って廊下に出てくる。

「ねぇ、キリアンはどこにいるの？」

初めてサリさんから声をかけられたものの、内容はキリアンの居場所を尋ねるものだった。

私は振り返って答える。

「キリアンなら私の自室にいますよ。今頃、髪用アイロンの準備をしているはず。私の髪を使ってアイロンを当てる練習をしてもらうつもりなんです」

練習しなければ上手くならないけど、失敗したら髪を傷めたり皮膚を火傷する可能性もあるのに、その辺にいる女性に練習台になってもらうわけにはいかない。だから私が髪を貸すのだ。

練習は明日以降の昼間でもいいんじゃないかと言ったが、キリアンが「今日やりたいです」とやる気を見せるので、時間は遅いが少し練習する事にした。

「今から!?」

「君の部屋で!?」

しかしサリさんが目を見開いて驚いたかと思ったら、パトリシア様の寝室前で歩哨に立っていたレイまで言葉を被せてきた。聞いていたのか。

「もう夜よ!?」

「絶対駄目だ！」

「な、何なの……」

二人に詰め寄られて、私はたじろいだ。確かに日が沈んでから男の人を自分の部屋に入れるのは私もちょっと抵抗があったが、他にはキリアンの部屋くらいしか場所がないのだ。

サリさんは私の腕を引っ張って壁際に連れて行くと、レイに聞こえないよう小声できつく言う。

「あなた、レイさんと仲良くやっているくせにキリアンにまで手を出そうというの!? レイさんもあなたには釣り合わない素敵な人なのに、何て欲深い人なの」

「ちょ、ちょっと待って。私とレイはそんな関係じゃないし、キリアンにも特別な感情は抱いてないから……」

「どうしてもそのアイロンの練習をするのなら、私も一緒に部屋にいるわ。二人きりになんてさせないから！」

サリさんが最後は大きな声で言うと、レイも厳しい表情をして「僕も行く」と続けた。

というわけで結局二人の事も一緒に連れて自室に戻ると、中で待っていたキリアンは、きょとんと目を丸くした後で「二人もついて来ちゃったんですね」と笑った。

けれどその後で、私にこっそりとこう言う。

「二人きりがよかったのにな」

私が視線を向けると、キリアンはきらきらした笑顔を見せた。

……この三人と接していると、何だか疲れる。

昨晩は大変だった……。

私は座ってアイロンを当てられているだけだったのだが、非常に疲れた……。

『僕がメイナさんの髪に触ると、レイさんが鏡越しに睨んでくるんですけど。メイナさん何とかしてください』

『キリアン、集中して。レイはあっち向いてて』

そんなやり取りを何度しただろう。大体、サリさんだってキリアンが私に触れるたびに私の事を射殺《いころ》さんばかりに睨んでくるのだ。

そして結局三十分もせずに、アイロンを熱するためにつけていた暖炉のせいで「部屋が暑くなってきたから」と、レイによって練習は強制終了させられた。

おまけに、髪結いの練習のためであっても夜にキリアンと二人で会ってはいけないというよく分からない約束をさせられた。疲れた。

しかしその翌朝には、私の疲れは一気に吹き飛ぶ事になる。

朝起きて自室を出ると、扉の前にラッピングされた小さな箱が置かれてあったのだ。これをここに置いたらしき人物は廊下にはいなかったが、リボンに隠れて『メイナへ』と書かれたカードが密かに添えてあったので、私はその箱を拾って一旦部屋に戻った。

「何かしら？」

ラッピングを解いて箱を開けると、そこには何と——白虹貝の髪飾りが入っていた。

「これ……！」

私が昨日欲しがっていたものと全く同じものだ。

「やっぱり綺麗……」

思わず鏡の前に立つと、今つけている髪飾りを取って、その白虹貝の髪飾りをつけ直した。

今日の髪型にもよく合っている。

この髪飾りは派手ではないのに人目を引くし、つけた人を上品で清楚な女性に見せてくれる。

私は嬉しくなって鏡に映る自分を何度も見た後で、急いで部屋を出た。これをくれた人にお礼を言わなくちゃ。

そうして、パトリシア様の部屋に向かう途中で、同じくパトリシア様のところへ行ってこれから仕事を始めようとしているレイに出くわした。

「レイ！」

子どものようにはしゃいで弾むように廊下を駆けると、私は後ろからレイの腕に触れる。

「メイナ。今朝は何だかご機嫌だね」

レイは振り返ると、私と私がしている髪飾りを見て笑みを深めた。全部分かっているのに、わざと知らないふりをしているみたいに。

「レイ、これをくれたのはあなたね？　ありがとう！」

こんな高いもの貰えない、と言うのが常識的なのかもしれないが、一度つけたこの髪飾りを私はもう手放せそうになかった。

けれど、ただの知り合いや友人から貰うプレゼントにしては値が張り過ぎているから、後でお金を返すとか、何か別のお返しをするとか考えよう。

でも、とにかく今はこの髪飾りを手に入れられた事が嬉しかったので、その喜びと感謝をレイに伝えたかった。

「見て！　さっそくつけてみたの」

「よく似合ってる。とても可愛いよ」

今はレイの褒め言葉も素直に受け止められた。たぶんレイも素直に言ってくれているからだ。私でなく髪飾りが「可愛いよ」という意味かもしれないけど。

でも私が嬉しいオーラ全開でにこにこしているからか、レイも今はずっとほほ笑んでいる。私につられているかのように。

「それは君のために作られた髪飾りだね」

レイは髪飾りを貰ったわけではないのに、とても嬉しそうだ。

「ねぇ、これレイがくれたんでしょ？」

「さぁ、僕は知らないよ」

レイはそう言うけど、意味ありげに笑っているし、贈り主は絶対にレイで間違いない。

「ありがとう、本当に。大切にするわ」

しかし私がレイを見上げてそう言ったところで――。

「あ！　メイナさん！」

廊下の向こうからキリアンがやって来た。彼もパトリシア様の部屋に向かう途中なのだろう。

しかしキリアンは朝の挨拶をするより先にこう言って私を戸惑わせた。

「その髪飾り、さっそくつけてくれたんですね！　似合ってますよ」

「え？」

まるでキリアンがこれをプレゼントしたかのような言い方だ。私は立ち止まってうろたえる。

「どういう事？　どうしてキリアンがこの髪飾りの事を知ってるの？」

「どうしてって、それを買ってきて、メイナさんの部屋の前にこっそり置いておいたのが僕だからですよ。びっくりしました？」

私は困惑して続ける。

「でも、じゃあこの髪飾りを選んだのはどうして？」

私がこれを欲しがっていた事を知っているのはレイだけなのに。

ちらりと横を見ると、隣にいるレイは片眉を上げて訝《いぶか》しげにキリアンを見ていた。

「実は昨日、僕も街に出かけていたんです。それでメイナさんとレイさんを見かけたんですけど、二人が仲良さそうに歩いていたので声をかけられなくて……でもデートをしてるのかと気になって、しばらくあとをつけていたんです」

キリアンはそこで少しバツが悪そうに肩をすくめた。

「それで二人が入った宝飾品店に、後で僕も入ったんです。メイナさんに何かプレゼントしたいなと思って。で、店の人に、さっき入ってきた女性は何か気に入ったものを見つけたか？って聞いて、その髪飾りを気に入ったようだと教えてもらったんですよ」

「そうなの……？」

私が半信半疑でいると、キリアンは拗《す》ねたように唇を尖らせた。

「何で疑うんですか」

「いえ……」

私は小さく呟く。これをくれたのはレイだと思ったのに……。

何故だろう、贈り主がレイじゃないと思うとちょっとだけがっかりしてしまう。

一方、レイは「髪飾りを贈ったのは自分だ」とは言わなかったけれど、キリアンを睨みつけてこう言った。

「街で僕たちを見かけたのに声をかけられなかった？　そんなわけない。お前は率先して声をかけて邪魔してくるような奴だろう」

「ひどいなー」

キリアンは困っているような表情で笑う。

私は少し考えると、髪飾りを外してキリアンに言った。

「嬉しいけど……こんな高価なもの貰えない。返すわ」

キリアンも髪結いの仕事に携《たずさ》わる人間として、私が言わなくてもこの髪飾りがとても高いものであるとは分かっているはずだ。

だからキリアンが贈り主でない場合、買ってもいない高価な物を返されたらさすがにたじろぐんじゃないだろうかと思った。私は彼を試したのだ。

だけどキリアンは表情を変えずにこちらに近づいてくると、私の両手を痛いくらい強く握って言う。

「メイナさん、そんな事言わずに貰ってください」

そして口角を上げて笑った。

「高価だとか、そんな事は気にしないでください。番への贈り物をケチったりはしませんよ」

「番……?」

私は耳が遠くなったかのように聞き返した。キリアンは笑顔だ。

「そうです。メイナさん、初めて会った時から僕に何か感じませんでしたか? 僕もずっとメイナさんに感じるものがあったんですけど、今はもう確信しています。メイナさんは僕の番なんです」

私は固まる事しかできなかったが、何とか頭を働かせてキリアンと出会ってからの事を振り返る。

キリアンに何か感じるものがあったかと聞かれれば……確かに彼の黒い瞳を見ていると心がそわそわした。

今だってそう。至近距離で目を合わせていると心臓がドクドクしてきて、キリアンの瞳に吸い込まれてしまいそうになる。

だけどこれはあまり心地いい感覚じゃない。心が高揚《こうよう》するというよりは、どうも『不安』に近いような――……。

「触るな」

と、その時。

私とキリアンの間にレイの腕が割り込んできたかと思うと、レイはその手でキリアンの胸ぐらを掴んで、すぐ近くの壁に勢いよく押しつけた。

「っ……」

「レイ！」

キリアンは苦しげに呻《うめ》き、私は焦って声を上げた。

「お前、一体何を考えている？」

レイはキリアンの胸ぐらを摑んで壁に押しつけたまま、相手をきつく睨みつけた。

キリアンはゲホゲホと咳をして言う。

「……痛いじゃないですか。離してくださいよ。メイナさん、助けて!」

「レイ……」

私が声をかけても、レイはキリアンを摑む力を緩めなかった。

「適当な嘘をつく目的は何だ?」

「何なんですか、嘘じゃないですよ」

「――そもそもお前、本当に竜人か?」

低い声でレイが詰問した時、

「何をしているんですか!」

パトリシア様の寝室から出てきた使用人のレベッカさんが、こちらを見て驚いたように言った。後ろにはモナさんとサリさんもいて、二人もびっくりしている。

「キリアン!」

サリさんが心配して駆け寄ってくると、レイは手を離して冷たい瞳でキリアンを一瞥《いちべつ》し、ここから去って行った。

「どうしたの? 大丈夫?」

「うん、大丈夫だよ。よく分からないけどレイさんを怒らせたみたい」

キリアンはサリさんにそう説明している。

私はレイを追おうか迷ったが、パトリシア様を待たせるわけにはいかないので、まずは髪を結うために寝室に向かったのだった。

「パトリシア、君の髪結師は今日はどうしたんだ？」

その日の午前中、パトリシア様の部屋を訪ねてきたダリオ殿下が、ずっと険しい顔をしている私を見てそう言った。

今は三人で結婚式の時のパトリシア様の髪型を決めていて、テーブルの上に十枚以上並べられた髪型のデザイン画を見ながら話をしていたのだ。

私は我に返り、眉間の皺を消して言う。

「申し訳ありません、殿下」

「キリアンと何かあったようです」

説明したのはパトリシア様だ。パトリシア様にはまだ何も言っていないのに何故かバレている。

まぁ、今も私の後ろにいるキリアンとはぎくしゃくしているから——キリアンはいつも通りだが、私の方がちょっと避けてしまっている——その様子を見て何かあったのは一目瞭然《いちもくりょうぜん》だったのかもしれない。

ダリオ殿下は面白がって言う。

「へぇ。外で立っていたレイも、やたらとピリピリしていたな」

「すみません。私たちの事はお気になさらずに、髪型を決めてしまいましょう」

パトリシア様とダリオ殿下は二人して私たちの関係をあきらかに面白がって「フフ」と笑いをこぼしつつも、テーブルの上のデザイン画に手を伸ばした。ダリオ殿下が言う。

「私はこれがいいと思う。パトリシアの優しく明るい雰囲気に合っているから」

「では、それにします！」

ダリオ殿下の言葉に、パトリシア様は即座に返した。

「いいのか？　自分の好みのものでなくて」

「いいんです。殿下の好みに合わせたいので」

そう言ってパトリシア様は頬を赤らめた。その反応にダリオ殿下も少し照れくさそうに笑う。お幸せそうで何よりです……。

そして髪型が決まると、この後も予定が詰まっているらしいダリオ殿下は早々に席を立った。

「メイナさんって絵も描けたんだ」

「あなたは描けないの？」

キリアンとパトリシア様がデザイン画を見てそんな事を話している間に、ダリオ殿下は私の方にすっと近づいてきて気軽に言う。

「レイと仲良くな」

私はそれに「はい」とも「嫌です」とも答えずに、神妙な顔をしてこう尋ねた。

「殿下……。竜人の男性の間では、女性に『番だ』と言ってからかうのが流行っているんですか？」

「レイの事か？」

「いえ、今回はレイでなく……」

私の視線はその時床をさまよっていたはずだが、殿下は「ああ、なるほど」とキリアンの方に一瞬目をやった。そしてこう続ける。

「流行っているという事は決してない。けれど時々、軽薄な者がそう言って相手を惑わせる事もあるだろう。番に憧れを抱いている女性が悪い男に引っかかる事もあるようだ」

「そうですか」

「見極めが大事だ。甘い言葉を囁いてくる相手ではなく、自分の事を大切に想ってくれる相手を選んだ方がいい」

ダリオ殿下はそう言って部屋を出て行った。まだ十八歳の男の子とは思えないくらいにしっかりしているなぁ……。

でも今はレイとキリアン、どちらかを選ぶという話ではないのだ。レイには番ではなかったと言われているし、別に今もアプローチされているわけじゃないから、問題はキリアンにどう対応するかという点だけ。

小さくため息をついてキリアンを見ると、にこっとほほ笑まれた。

「キリアン、ちょっと」

私はキリアンを連れて部屋を出る。この問題にはさっさと決着をつけてしまいたかった。幸い今はサリさんがいないので、どこか二人になれる場所で話をしよう。

と思っていたら、廊下に出た途端《とたん》にレイと目が合ってしまった。そうだ、廊下にはレイがいたんだった。

「どこへ行くんだ？」

私に尋ねたのかキリアンに尋ねたのかは分からなかったが、レイは厳しい口調で言った。私は歩きながら振り返って、困ったように答える。

「レイに報告する必要ないでしょ」

ついて来ようとしたのか、一歩足を踏み出したレイにさらに続ける。

「ついて来ないで。護衛の仕事があるでしょ。それにあなたには関係ない事よ」

ぴしゃりと言うとレイは足を止めて、飼い主に留守番を言い渡された犬のような表情をした。ちょっと冷たい言い方だったかな。

だけどレイのよく分からない態度にも、私はもやもやしてしまっているのだ。

最近のレイは私の事を色々と心配してくれているように見えるし、あの髪飾りをくれたのもやっぱりレイなんだと思っている。

だけど彼が何を思って番でもない私にそういう行動を取っているのかが分からない。

キリアンもレイも、二人とも一体何を考えているのだろう。

そしてキリアンを連れて中庭に出ると、私は彼に向き直った。

「キリアン、あなたは本当に私の事を番だと思っているの？」

「はい、そうです。言葉にしたのは今日が初めてですけど、最初に会った時からそうなんじゃないかって思ってました」

キリアンは人のよさそうな笑みを浮かべて言う。

「でも、サリさんは？　最近キリアンはサリさんと仲良くしているでしょ？」

「彼女は友達ですよ。心配だと言うなら、もう話さないようにします」

「いいえ、そんな事はしなくていいのよ」

私は気まずい思いをしながら続ける。

仕事でこれからも毎日顔を合わさないといけないし、嫌な関係にはなりたくないけど、自分の気持ちはしっかり伝えておかないといけない。

「キリアン、私はあなたの気持ちに応《こた》えられない。あなたは私を番だと言うけど、私はあなたに特別な想いは抱いていないのよ」

「それはメイナさんが竜人じゃないからです。竜人同士だったらお互いが番だって分かるけど、そうじゃないから僕が番だって分からないんだ」

キリアンは少し寂しそうに言う。

その表情に思わず心が痛んだけど、でも私はキリアンの気持ちを疑ってもいる。

キリアンは人当たりがよくて、明るくて、裏表のない子だ。――と思う一方、レイを煽るような事を言ったり、私を番だと言いながらサリさんとも親密だったりして、本心が分からないという正反対の印象も持っているから。

それに髪飾りの事も、やっぱり贈り主はキリアンではないと確信している。だってキリアンがあの髪飾りをくれたのだとしたら、どうして普通に渡してくれなかったんだろう。キリアンの性格を考えると素直に直接渡してくれそうなものなのに。

それに添えられていたカードには『メイナへ』と書かれていた。キリアンなら『メイナさんへ』と書くだろう。

私は懇願するように言う。

「キリアンとは仕事仲間でいたいのよ」

けれど彼は簡単には諦めない。後ろで一つに縛った長い黒髪を揺らして胸を張ると、強い口調で答える。

「僕はただの仕事仲間でいるのは嫌です。だって番の事をそう簡単には諦められませんよ。嫌がられても、僕の気持ちが本物だと分かってもらえるまで努力し続けます」

「キリアン……」

困った、と私は心底思った。

〝竜人の番〟問題に巻き込まれるのは、一度で十分だったのに。

キリアンに番だと言われてから五日。

キリアンはこれまで以上に私に親しげに接してくるし、レイの機嫌はずっと悪いしで、私にとっては疲れる日々だった。

そしてそんな中、今日はパトリシア様やダリオ殿下と一緒に、騎士たちの演習を見学しに行く事になった。

城のすぐ近くに広い演習場があって、騎士たちはいつもそこで訓練しているらしいのだ。

しかしこの国の騎士たちの戦闘訓練は、ただ剣を使ったりするだけじゃない。みんな竜人だから、ドラゴンに姿を変えて空を飛び、空中で戦う訓練をするのだ。

以前からたまにドラゴンの吠え声らしきものが聞こえる事はあったが、位置的にパトリシア様の部屋から演習場は見えなかった。

けれど昨日、たまたま城を散歩している時に、パトリシア様は空中で戦っているドラゴンたちの姿を見かけたらしい。

それでその迫力ある姿に興奮したパトリシア様は、もっと近くで見学したいとダリオ殿下に頼んだのだ。

ダリオ殿下は少し迷っていたが、最終的にパトリシア様のお願いを聞き入れた。

「今更なのですが、演習を近くで見たいだなんてわがままを言ってしまってごめんなさい、殿下。ドラゴンの姿を初めて見たものですから、昨日は少し興奮してしまって……」

演習場へ向かう途中、パトリシア様は隣を歩くダリオ殿下にそう言った。

「駄目であれば、そうおっしゃってくだされば大人しく部屋に戻ります」

「いや、駄目という事はないんだが……」

いつも快活でさっぱりしているダリオ殿下にしては、珍しく歯切れが悪い。

パトリシア様に「メイナも一緒に行きましょう」と誘われてついて来た私は、二人の後ろを歩きながらその様子を眺めていた。

ちなみに私の後ろには近衛騎士たちがいて、その中にはもちろんレイもいる。キリアンは「あまり興味ないので」と言って来なかったので、ここにはいないのが救いだ。今、レイとキリアンはあまり近づけたくない。

ダリオ殿下は続ける。

「昨日少し渋ったのは、間近でドラゴンを見たパトリシアが、私を含めた竜人に怯えるようになってしまったらと心配になったからだ。ドラゴンに姿を変えた我々は大きいし、見た目も犬や猫のように可愛いものではないからな。人間によっては恐ろしいとか、気味が悪いと思うかもしれない」

言いながら、ダリオ殿下はちらりとパトリシア様を見た。どうやら殿下はパトリシア様から怖がられる事を心配しているらしい。

そんな事を気にしている殿下をちょっと可愛いなと思ったけど、そう感じているのは私だけではないようだった。

パトリシア様はほほ笑んで言う。

「気味が悪いなんて、そんな。むしろ殿下がドラゴンに変わったお姿も見てみたいです。銀色の鱗《うろこ》を持つ、勇ましいお姿をされていると聞いていますわ」

「……うん。では、今日の演習でドラゴンを見ても、パトリシアが怖がる様子がなかったら……」

パトリシア様は受け入れる気満々なのに、ダリオ殿下の方が不安がっているのが面白い。

私は少し歩調を緩めて後ろにいたレイと並ぶと、彼に声をかけた。

「あなたもドラゴンに姿を変えられるのよね？」

「もちろん。竜人はみんなそうだから」

「何だかあまり想像がつかないわ」

レイがドラゴンになったらどんな姿になるのだろう。

「あなたは今日は演習に参加しないの？」

「しないよ。君も怖がりそうだし」

「怖がらないわ」

「でも君もドラゴンに変わった竜人を見るのは初めてだろう？　今からでも部屋に戻った方がいいんじゃない？　僕はダリオ殿下が不安に思われる気持ちが分かるよ。君がドラゴンを見て『あんな怪物に変化するのか』と思ってしまったら、今日から僕たちを見る目が変わりそうだ」

「そんな事思わないったら」

私は呆れたような、少し寂しいような気持ちになりつつ言う。私たちはダリオ殿下とパトリシア様のように夫婦になるわけでもなければ番でもないのに、レイまで何を気にしているのだろう。

そしてそんな事を話しているうちに私たちは演習場に着いた。広い演習場には騎士たちが集まっていたが、地上にいる騎士たちは人の姿で頭上を見上げていて、彼らの視線の先ではドラゴン六頭が戦っていた。

相手を軽く威嚇《いかく》するようなドラゴンの吠え声はもちろん、翼のはためく音や荒い呼吸音までこちらに響いてくる。これは確かに迫力だ。

大きな口を開ければ尖った牙がぎらりと光るし、それにあの爪の鋭さったら。

と、目を丸くしていたらレイの視線を感じたので、私は取り繕《つくろ》って、別にびっくりしてませんよという顔をした。

「そこまで！」

下にいた上官らしき騎士が合図を出すと、戦っていたドラゴンたちは地上に降り、人の姿に戻った。ドラゴンの時は何も着ていないのに、人型に戻るとちゃんと騎士服を着ているのが不思議だ。竜人はみんな使える魔法のようなものなのかも。

そうして次はまた別の騎士たち六人がドラゴンに姿を変え、空に飛び立つ。

「大丈夫か？」

「ええ、もちろんです」

怯えてはいないかと気遣うダリオ殿下に、パトリシア様は余裕の笑顔で返した。

少し遠いのでドラゴンの正確な大きさは分からないが、馬車よりも大きそうだ。けれどやはり怖くはない。まぁ、もちろん彼らに襲われたらと思うと怖いけど、そういう不安はないから恐ろしいとは思わない。

パトリシア様も全く怯えている様子はなく、「鱗が綺麗」とか、「みんなそれぞれ色が違うんですね」などと言ってドラゴンたちの演習を見学していた。

そして、それから十分ほど経《た》った時。

「やっぱりドラゴンは恐ろしくありません。ですから是非殿下のドラゴン姿も見てみたいですわ」

「うーん、そうだな。では私も演習に参加してくるか。最近運動していなかったし」

パトリシア様のお願いにダリオ殿下はやる気を見せ、演習場の中央へ向かって歩き始めた。

しかし途中でふと頭上を見上げ、訝しげに言う。

「……あいつはどうした？」

その声に私もドラゴンたちを見上げる。隣ではレイも注意深く空を見ていた。

空中では青い空を背景にドラゴン六頭が戦っていたが、そのうちの一頭、赤茶色のドラゴンの様子が確かにおかしい。

前脚で頭を抱え、何かを振り払おうとしているかのようにブンブンと首を振っている。頭が痛いのだろうか？　苦しんでいる様子だ。

「彼は大丈夫？」

「分からない。様子が変だ。下がってて」

レイがそう言って私やパトリシア様の前に出た瞬間、苦しんでいたドラゴンがカッと目を見開きこちらを向く。充血してらんらんとしている瞳と視線が合った気がした。

そして次の瞬間には、赤茶色のドラゴンは牙をむき出し、こちらに向かってきた。空中を滑《かっ》空《くう》し、一瞬のうちに近づいてきたが、そこで私はやっと彼の標的に気づいた。

彼は私の隣りにいるパトリシア様を狙っている。

「きゃあああ！」

悲鳴をあげるパトリシア様を庇うように抱きしめて、私はぎゅっと目をつぶる。すごい速さで突っ込んでくるドラゴンと衝突したら私もパトリシア様もただでは済まない。

しかしそう思って私がゾッと背中に鳥肌を立てたと同時に、前方で鋭い吠え声が響いた。

目を開けて確認すると、こちらに突っ込んできた赤茶色のドラゴンを三頭のドラゴンたちが体を張って止めているのが見えた。

そして私たちのすぐ前にも四頭のドラゴンが並んでいる。きっと私たちを守ろうと壁になってくれているのだ。

（レイとダリオ殿下と、他の近衛騎士たち？）

周りを見るとその七人がいなくなっているから、きっとそうだろう。

赤茶色のドラゴンは他のドラゴンに押さえつけられてしばらく暴れていたが、やがて大人しくなった。

人型に戻った彼は、気を失ってぐったりしている。

「何だったの……？」

パトリシア様は呆然《ぼうぜん》として呟いた。するとすぐ目の前にいた銀色のドラゴンが振り返って、不安そうにこちらを見る。

「ダリオ殿下？」

「そうだ。大丈夫か？」

「ええ、殿下たちが守ってくださったので怪我はありません」

パトリシア様は少し震えていたが、ダリオ殿下の事は怖がる事なく近づいて行った。殿下はその様子を見て少しホッとしている。

一方、気を失った騎士のもとからは、一際《ひときわ》美しい金色のドラゴンが私の方にやって来た。

「メイナも怪我はない？」

「あなた、レイ？」

声もレイのものだが、人型の時よりも低い。

金色のドラゴンはおずおずと言う。

「怖くない？」

「怖くないわ。目の前にいるドラゴンは怪物ではなく、レイだって分かっているんだから」

私がそう答えると、ドラゴン姿のレイは表情を緩めて少し笑った。そして人型に戻ると、気を失っている騎士に再び近寄る。ダリオ殿下たちもみんな人型に戻った。

殿下はレイに言う。

「一体、どういう事だ？」

「分かりません」

「パトリシアを襲おうとしたようだった」

「ええ」

二人が話していると、演習をしていた騎士たちもこちらに駆け寄ってきた。

「殿下！　パトリシア様！　お怪我は!?」

「ない。大丈夫だ。それよりそいつを起こせ。どういうつもりなのか話を聞かねば。パトリシアが無事だったからよかったものの、怪我でもしていれば国際問題になっていた。婚約も解消されかねない」

殿下に言われて、上官らしき男が気を失っている騎士を叩き起こす。

「イアン！　起きろッ！　イアン！」

「うぅ……」

イアンと呼ばれた若い騎士は、頭に片手を添えながら上半身を起こした。

「自分が何をしたか分かっているのか！」

そう怒鳴りつけられて、最初はぽかんとしていたイアンは記憶を探るように数秒黙り込んだ。まだ状況が摑めていないらしい。

けれどすぐに自分の行動を思い出したのか顔を青くする。

「ま、待ってください……！　俺は決してパトリシア様を襲うつもりなんてありませんでした！　本当です！」

空を飛んで戦っている最中に、急に不快な音が頭の中に響いたのだと続ける。そしてふとパトリシア様が視界に入り、彼女を殺さなければと思ったらしい。

「でもそれは俺の意思ではありません、誓って本当です！」

「……お前の言い分は分かった。信じてやりたいが、一旦身柄は拘束させてもらう」

「はい、ダリオ殿下……」

イアンは仲間の騎士たちに連れられ、大人しく城の方へ歩いていく。ダリオ殿下やレイはそれを見送ると、上官の男にイアンの事を色々聞いてた。しかし彼がこんな行動を取るような人物だとは、上官も思っていなかったようだ。

「イアンはもう五年ほど騎士団にいて、身元もしっかりしています。普段の様子も特におかしいところはありませんでしたが……」

そこでレイは少し考えて尋ねる。

「パトリシア様の事はどう思っている様子だった？　パトリシア様の悪い噂を信じていたりはしたか？」

「噂の事はイアンが話題に出した事はありません。特に気にしていなかったようです。パトリシア様の印象も口にした事はないと思いますが、殿下の結婚が決まった事は他の者と同じように祝福している様子でした」

「そうか」

レイはまた数秒黙った。しかしレイの視線は話をしている上官ではなく、彼を通り越して城へと向いていた。

何か気になるものがあるのだろうかと私もそちらを見るが、特におかしなものはない。

「……彼は魔法で操《あやつ》られた、という可能性はありませんか？」

レイは何かを睨みつけるように見ながら、そう呟いた。そして城からダリオ殿下に視線を移す。

ダリオ殿下は眉根を寄せて答える。

「それは分からないが、一体誰が操ったと？　竜人で誰かの行動を操るような、そんな高度な魔法を使える者がいるか？」

私のような花人は高度な魔法は使えないが、竜人もそうらしい。竜人は魔法を使わなくても戦闘能力が高いので、ドラゴンに変化したり人型に戻ったりという時くらいしか魔力を使わないのかも。

「竜人にはいないかもしれませんが……少し調べてみます」

レイが難しい顔をしてそう言ったところで、ダリオ殿下はひとまず話をまとめた。

「イアンは嘘をついているふうではなかったが、はっきりとは分からないし、調査と監視は続けていく」

最後の言葉はパトリシア様を安心させるために言ったようだ。

「部屋に戻ろう。送っていく」

「ありがとうございます、殿下」

ダリオ殿下が自然に肩を抱いて、パトリシア様を城の方へと連れて行く。

パトリシア様はドラゴンに襲われそうになってさぞ精神的に疲れただろう……と思ったけど、優しい気遣いを見せてくれたダリオ殿下に頬を染めていて、あまり気にしていなさそうだ。ドラゴンに襲われそうになった事より、殿下に肩を抱かれた事の方が重大な出来事なのかもしれない。

パトリシア様たちに続いて私も演習場から去ろうとしたが、そこでレイに「メイナ」と呼び止められた。

レイは蜂蜜色の瞳で私を見て、真剣な表情で言う。

「メイナ、キリアンには気をつけて」

「キリアン？」

「そうだ。さっき僕は言ったよね？　イアンは魔法で操られた可能性があるんじゃないかって」

「ええ」

「もしかしたらキリアンがやったんじゃないかと思ってる」

レイの言葉に、私は片眉を上げげた。

「唐突ね。何故キリアンを疑うの？」

「さっき、キリアンが城の廊下を歩いているのが見えた」

レイはそこで城の方を指さし、続ける。

「この演習場が見える位置にいたんだ。三階のあそこの窓だけ開いているのが分かる？　ちょうどそこから移動したような感じで歩いていたんだよ」

「窓が開いてる？　ちょっと分からないわ。それに廊下に誰がいるのかもはっきり見えない。人が歩いているのは分かるけど」

「花人は、視力は人間と変わらないんだね」

竜人は遠くの物や人もよく見えるらしい。

レイは言う。

「僕がキリアンを見つけた時、キリアンはこっちを見ていなかった。普通に城の廊下を歩いているだけのようにも見えたから、たまたまそこを通りかかっただけという可能性ももちろんある」

「ええ、そうよね。それにキリアンが高度な魔法を使えるのかどうかも分からないわ。キリアンも竜人だから、魔法レベルはあなたたちと同じだと思うけど……」

「あいつ、本当に竜人だと思う？」

「そうでしょ？　……違うの？」

言いながら、私はキリアンの姿を頭に思い浮かべた。ミュランにいた頃は、私は竜人というとがっしりした体型の人を想像していたけど、バクスワルドに来てみると竜人は筋骨隆々《きんこつりゅうりゅう》とした人ばかりではないと分かった。

竜人は男性も女性も人間よりも筋肉質なのは確かだろうけど、レイは細身だし、使用人のモナさんなどは背も小さくて触れると柔らかそうな感じだ。

だから男性にしては小柄で細いキリアンだって、竜人であってもおかしくないと思っていた。

しかしレイは、もうキリアンの姿は見えないはずの城の方を見て言う。

「キリアンはなんとなく竜人らしくないなと思っていた。まとう空気や雰囲気が竜人らしくないと言うか。でもこれは、僕が彼の事を受け入れていないからそう思うのかとも思ってる。僕の個人的な感情で、最初からキリアンの事は気に入らなかったから。でも――」

レイはそこで私を見た。

「あいつの髪型は竜人にしてはおかしいと思う。今まで他人の髪型なんて気にした事がなかったけど、メイナに倣《なら》って改めて髪にも注目してみたんだ。竜人の男はあんなに髪を伸ばさないよ、普通は」

キリアンの黒髪は確かに長い。お尻の下辺りまである髪を一つに縛っているから。

私は顎《あご》に手を当てて言う。

「確かに竜人の男性はみんな髪が短いわよね。キリアンのように長い人は見た事がないわ。でも別にそういう決まりがあるわけじゃないでしょ？　髪の長さだけで判断できる?」

「バクスワルドでは、髪は短い方が男らしいという風潮なんだよ。どの国でもそういう傾向があるかもしれないけど、バクスワルドは特にそうだと思う。僕だって何度髪を切る事を勧められたか」

「レイは別に長くはないのに？」

「そう。でももっと短くして、この辺りを刈り上げた方が男らしくなるぞって言われる。余計なお世話だよ」

襟足の部分の髪を持ち上げながら言うレイに少し笑ってから、私は頷いた。

「ミュランでは長い髪の男性も多いけど、バクスワルドではかなり珍しいのね。竜人は女性も長く美しい髪に誇りを持っているようだし、男性と女性で髪の長さが極端に違う傾向があるのかしら」

「そう、キリアンの髪型はバクスワルドだと女性的に見える。僕は最初、職業上伸ばしているのかと思っていたからそれほど違和感は感じていなかったけど、一度怪《あや》しく思うとキリアンの何もかもが怪しく見えて……」

そこで一度言葉を切ってから、レイは改めて言う。

「とにかく一度、彼を雇った女官長のトーパンと話してみるよ。キリアンは自分で、以前は地方の商人の屋敷で理髪師のような事をしていたと言っていたらしいけど、それだって本当かどうか分からない。紹介状は持っていたようだが、もう一度きちんと調べないと。そもそもトーパンだって何故あんなにキリアンを気に入っていたのか……」

「……確かにそうよね」

私は顎に軽く手を当てたまま答えた。

私の印象ではトーパンさんは厳格な人だし、城で働く使用人たちに細かい注意をしている場面をこれまで何度も目撃した。男女の使用人が仲良く一緒に仕事をしていた時には、彼らに仕事とプライベートの区別をつけるように言って、二人に別の仕事をさせていたのも見た。

男性であるキリアンをパトリシア様の髪結師に、と連れて来た時には、トーパンさんは男女間の事については寛容なのかなと考えたりもしたけれど、やっぱりそうではないと思う。トーパンさんを見ていると、そういう事については特に厳しいように感じるのだ。

今改めて考えると、婚礼前の王女に男性の髪結師をつけるなんて事、トーパンさんは真っ先に反対しそうなのに、何故キリアンの事は受け入れたのだろう。

考えを巡らせている私に、レイは険しい表情で続ける。

「キリアンは危険な人物なのか、それとも全て僕のただの勘違いなのか、それがはっきりするまでは決して彼と二人きりにならないでくれ」

「難しい事を言うわね。彼は私の助手のようなものなのに」

「お願いだ、メイナ。僕もなるべく注意してキリアンを見てるけど、仕事もあるし四六時中監視しているわけにはいかない。君も十分注意して」

懇願するように言って、レイは私がつけている髪飾りに触れた。レイがくれたであろう、白虹貝の髪飾りに。

レイはやっぱり、私の事を心配してくれているように見える。でもきっと「どうしてそんなに心配してくれるの？」と尋ねても、上手くはぐらかされるだろう。

私には、キリアンだけでなくレイも何かを隠しているように思える。けれど何を隠しているかも、もちろん素直に話してくれないに違いない。

私は小さくため息をついて言う。

「なるべく気をつけるわ。私もキリアンについては少し思うところがあるから」

しかしその僅か五分後。

二人で城に戻り、ダリオ殿下のところへ行くらしいレイと別れた直後、私はひと気のない廊下でキリアンとばったり出くわしてしまった。

「メイナさん」

キリアンはにっこり笑ってこちらに近づいて来る。レイに警告された後だからか、思わず一歩後ずさりしてしまう。

そしてその自分の行動を見て、私は改めて思った。

（私はレイの言う事を信じて、キリアンを怪しんでいる……）

キリアンは確かに摑めない部分があって心から信用できないけれど、番だと言いながらそれを撤回したレイだって、以前は信用できないと思っていたはず。

それに今はキリアンの思惑もレイの思惑もどちらも私にはよく分からない。レイがキリアンを陥《おとしい》れるために嘘をついている可能性もあるのに。

けれどバクスワルドに来てレイと接するうちに、私の中で彼の印象がまた変わっていったのだ。

出会った頃のような、レイの優しい部分を再び感じるようになっている。時折私に見せるほほ笑みとか、私の事を心配してくれている様子が演技だとは思えない。

「メイナさん？　どうして後ずさりするんですか？」

キリアンは笑ったまま言う。

「べ、別に何でもないわ」

「――レイさんに何か言われました？」

ずばり言い当てられて私はぎょっとしてしまった。

キリアンはすっと目を細め、窓の外に視線をやりながら続ける。

「さっき、演習場にいるレイさんと目が合った気がするんですよね。その後、二人で何か話していたみたいですし」

「見てたの？」

「たまたま廊下を通りかかった時、窓から演習場が見えたので。思ったより早く見学から戻ってきたみたいですけど、何かありました？」

キリアンは今度は純粋そうな表情をして、小首を傾げてこちらを見た。そういう顔をされると、本当に何も知らないように見える。

けれど私は警戒を解かないまま、キリアンにこう切り出した。

「キリアン、どうしてそんなところを歩いていたの？」

「言ったでしょう？　たまたまです。僕が演習場が見える廊下を歩いていたって、おかしくないですよね？　さっきは最近仲良くなった使用人の知り合いを探してたんですよ」

「じゃあ、演習の見学に来なかったのは何故？　あなたは『興味がないから』って言ってたけど、私のイメージでは、キリアンは『楽しそうですね』って言って喜んでついて来そうだったのに」

「イメージの話をされても……。僕だって竜人なのでドラゴンに変われますから、パトリシア様やメイナさんのように、ドラゴンの戦闘訓練を珍しいとは思わないんです」

そこで私はハッとして言う。

「そうよ、あなたもドラゴンに変われるのよね。じゃあその姿を見せてくれない？」

「ここでですか？」

「そうよ。広い廊下だから大丈夫よ。周りに人もいないし」

キリアンが本当に竜人かどうかなんて、これで簡単に分かるじゃないかと私は思った。それでちょっとだけ勝ち誇ったような顔をして「それともできないの？」と追い打ちをかける。

キリアンは困ったような顔をして、ため息をついた。そしてこう言う。

「分かりました。いいですよ」

「え？」

いいの？　と私は呟く。意表を突かれてぱちぱちと瞬きを繰り返した。

「ちょっと離れていてください。いきますよ」

キリアンは集中するように目をつぶって、両手で顔を覆った。そしてグッと膝を落として上半身を前に曲げた後、姿勢を戻すと同時にドラゴンに変化していた。

キリアンは黒いドラゴンで、人型の時と同じく少し体が小さかった。

「これでいいですか？」

「……うん、ありがと」

私はぼそぼそと言う。疑っていたのでバツが悪い。

キリアンは人型に戻ってから、拗ねた顔をして私に言った。

「何なんです？　絶対にレイさんに何か吹き込まれたんでしょ。『キリアンは竜人じゃない、嘘をついてる』とか何とか」

「ごめんなさい、疑って。でも——」

私はキリアンをまっすぐ見て言う。

「私はまだ、あなたの事を心から信用できてないの」

「どうしてです？　この髪飾りはつけてくれているのに」

キリアンは悲しそうに言って、白虹貝の髪飾りに触れた。私は即座に言う。

「これをくれたのも、あなたではなくレイだと私は思ってる。この髪飾りをつけた私の姿を見せた時の、レイの反応がそんな感じだったから。それにキリアンは扉の前に贈り物を置くなんて事しないでしょ？　直接渡してくれそうだもの」

「それも〝メイナさんの中でイメージする僕〟が、そうしそうってだけでしょ。それに髪飾りの事は、レイさんは自分が買ってきたんだとは一言も言ってないじゃないですか。どうして『僕があげた』と言った僕じゃなく、何も言わないレイさんがそれをくれたと思うんです？」

「それはやっぱり、一緒に店に行ったのはレイだけだし……」

私はもごもご言った。それ以外の理由もあるけど、それは勘《かん》のようなあやふやなものだ。

「メイナさん、あまり意地悪な事言わないでください」

キリアンは眉を下げて、本当に悲しそうな顔をして言った。

「僕よりレイさんの事を信用しているみたいに言わないで。あの人、メイナさんの事を番だって言っておきながら、あっさり間違いだったって言ってメイナさんの事を傷つけたんですよね？」

「そうだけど……」

「僕は間違いだったなんて言わないです」

そこでキリアンはこちらとの距離をさらに詰めて、私を抱きしめた。

「こんなに好きなのに、どうして僕のこの気持ちを認めてくれないんですか？」

「キリアン、離して」

「嫌です」

逃れようとするとキリアンも腕に力を入れるので苦しい。

「僕を受け入れてくれたら、きっとあなたを幸せにするのに。髪飾りだっていくらだって買ってあげるし、毎日愛を囁くよ。あんなに愛されて幸せねって、女性たちが羨むくらい大事にする。だからメイナさんも僕を好きになってよ」

キリアンはふと腕の力を抜くと、私から僅かに離れた。

けれど今度は私の頬に手を添えて顔を近づけてくる。キスをしようとしているみたいに。

「僕たちは運命の番なんだよ」

唇が触れる前に、私はさっと右手で相手の口元を覆って尋ねる。

「――番って、何だと思う？」

キリアンは質問の意図が分からないというように眉根を寄せた。

私はキリアンから手を離して続ける。

「番って、運命の人よね。一目見た時から、理由もなしに強く惹《ひ》かれてしまう相手。一目惚れよりももっと強い感情を抱いてしまって、頭の中は常に相手の事ばかり。いつも一緒にいたいし片時も離れたくない。性格の相性もぴったりで、いつも仲睦まじく、喧嘩をする事もないような、そんな相手」

「それがどうしたんです？　番の説明を今更してもらわなくたって、僕も知ってますよ。僕はメイナさんにそういう想いを抱いているんですから。いつも一緒にいて、片時も離れたくない」

　キリアンは私の手を握って言う。

　けれど私はその手をそっと振りほどいて続けた。

「あなたは自分本意な感じがする。だけど番の関係ってそうじゃないらしいの。前に使用人のモナさんに説明された事があるのよ。彼女、番がいるから」

　いちゃついてるだけが番ではないです、とモナさんは言っていた。番に向ける愛は、もっと深いのだと。

　常に側にいたいと思うけれど、もしも離れる事で相手が幸せになるなら、自分は辛い思いをしても身を引ける、そういう愛らしい。

　私は自分でも自分の気持ちが分からないまま、下を向いて言う。

「どうしてかな？　私の事を番だと言うあなたより、私の事を番じゃないと言うレイの行動や仕草《しぐさ》に愛を感じるの」

今も何故か、レイのもとへと走っていきたいような衝動に駆られている。キリアンの代わりに、レイに抱きしめてもらいたいような気持ちだ。

「メイナさん……」

キリアンの声は寂しそうだった。けれど私がふと顔を上げた時には、キリアンの表情はそれほど寂しげじゃなく、声と釣り合っていないように思えた。

しかしそれは一瞬で、キリアンはまた子犬のように眉をしゅんと下げる。

「モナさんが番について何を言っていたのか知りませんけど、彼女が本当の番と出会っているって言えますか？　本当の番の愛なんて、誰にも――」

「キリアン？」

と、そこで廊下の向こうから、使用人のサリさんがやって来た。サリさんはキリアンを見て嬉しそうな表情をしたものの、その側に私がいると気づいてすぐに顔をしかめた。

「何してるの？　二人で」

今度は私を睨みつけながら言う。

けれどサリさんの登場は、私にとってはありがたい事だった。

「別に何でもないわ」

私はそう言って、キリアンをサリさんに任せてその場から去った。途中で一応後ろを確認してみたが、キリアンが追ってくる事はなかった。

いよいよパトリシア様とダリオ殿下の結婚式が迫ってきている。

「あと五日？　いつの間にそんなに日にちが経っていたの？」

いや、ちゃんと日付は見て準備は整えていたのだが、いざ式の日が近づいてくると私まで緊張してくる。

パトリシア様の当日の髪型は決まっているし、いきなり本番を迎えてもちゃんと結えると思うけど、一度パトリシア様に言って予行のために結わせてもらおうかなと考える。

本人も完成した髪型を見ておいた方がいいだろう。私の描いたデザイン画と実際に出来上がった髪型でイメージが違った場合、今ならまだ変更できるから。

とは言え、まずは毎日のお仕事をしなければ。

ばたばたと朝の支度を整えて自室を出ると、私は髪結い道具を持ってパトリシア様のもとへ向かった。

「あ、レイ。おはよう」

「おはよう、メイナ」

パトリシア様の寝室の前にはレイが警備のために立っていたので、声をかけてから中に入る。

そして部屋の中では、すでに起床していたパトリシア様に挨拶をした。

「おはようございます、パトリシア様」

「おはよう、メイナ」

「レベッカさん、モナさん、サリさんもおはようございます」

「おはようございます」

使用人の三人にも挨拶すると、レベッカさんが一番にそう返してくれた。モナさんもほんわかした笑顔で「おはようございますー」と言ってくれたが、サリさんは私に冷たい視線を向けるだけだ。

サリさんの機嫌が悪いのは、一昨日、私とキリアンが二人でいたところを目撃したからなのかもしれないし、もしくは昨日からキリアンがここに来ない事に関係あるのかもしれない。

実はキリアンは『王女付きの髪結師見習い』という職を一時的に解かれたのだ。

パトリシア様を襲わせるため、ドラゴンに変化した騎士イアンが操られた可能性と、操った人物がキリアンである可能性について、きっとレイがダリオ殿下に相談をしたのだと思う。

レイはキリアンが潔白である可能性も十分あると話したと思うが、ダリオ殿下は少しでも不審な部分がある人物をパトリシア様の側に置いておくのは危険だと考えたのだろう。今日からキリアンは別の仕事を与えられた。

城の一室を与えられ、そこで使用人たちの髪を切るのだ。ダリオ殿下とパトリシア様の結婚式が近づいているし、使用人も髪を整えておいた方が、国外からも訪れる賓客《ひんきゃく》の目に入った時に印象がいいだろうという考えらしい。

キリアンは一応その理由に納得して、しばらくはそちらの仕事に専念するようだ。

今、ダリオ殿下は密かにキリアンの出身地や過去に働いていたという商人の屋敷に使いをやって、その経歴に嘘がないか調べているらしいので、そこで怪しい点が出てこなければ、また王女付きの髪結師見習いに戻されるかもという事だ。

キリアンの出身地はバクスワルドの片田舎で、働いていた屋敷も地方。だから使いが行って帰ってくるまでに数日はかかる。

なのでちょうど結婚式の頃には、キリアンの身辺調査は終わるようだ。

「パトリシア様、今日お時間のある時に、結婚式の時にする髪型を一度結ってみませんか？」

「ええ、そうね。どんな感じになるか確認しておきたいわ。朝食を食べた後で時間を取るから、その時にやってちょうだい」

「分かりました。では今は簡単に結うだけにしておきます」

そうしてパトリシア様の髪を結うと、私は一旦部屋を出た。朝の仕事を終えた私に、廊下にいたレイが声をかけてくる。

「メイナ、キリアンには昨日会った？　仕事が変わった事、きっと不満に思っていただろう。君に八つ当たりしていないといいけど」

「八つ当たりはされていないわ」

キリアンは「メイナさんと一緒にいられなくなるから嫌だな」と寂しがっていたけど、それはレイには言わないでおく。

「キリアンは仕事が変わった事は受け入れてる。でも昨日ちょっと様子を見に行ったら、忙しい事には弱音を吐いてたわ。ただで髪を切ってもらえるっていう事で、使用人たちがたくさん来てるみたい」

私も髪は切れるし手伝おうかと思ったが、一昨日の事もあるし、あえて手助けはしない事にした。

優しさを勘違いされそうだったし、冷たい奴だと思われた方がお互いのためにいいのかもと考えたからだ。

とは言え、一応「余裕を持ってさばける一日の人数を設定して、予約を取るように」とはアドバイスしてきたけれど。

「キリアンにはこれからも注意して」

レイは私の言葉に頷いた後、優しい声でそう言った。

これでキリアンが潔白だったら——イアンを操ってもいないし、経歴や出身に偽《いつわ》りはなく、髪飾りをくれたのもキリアンで、私の本当の番だったら、と考えてみたが、前の二つはともかく、後ろ二つはやっぱり違うような気がするのだ。

髪飾りをくれたのはレイで、私の本当の番は……。

「素敵ね。これでいいわ。ダリオ殿下も褒めてくださるはず。色々あって、結婚式で何か起きたらどうしようかと少し怖いけど、楽しみにもなってきたわ」

結婚式でする髪型を結ってみると、パトリシア様はそう言って顔をほころばせた。やっぱりイアンに襲われそうになった事は気にしているのだろう。それにもちろん、自分に関する根も葉もない悪い噂の事や、その噂を信じて結婚に反対する竜人たちの事も。

けれど髪を結う事によって、少しでも明るい気持ちになれたならよかった。そう思いながら、パトリシア様の髪を解いてまた結い直す。

そして用の済んだ私が退室すると、お茶の用意をしに行くというレベッカさんも部屋を出た。

廊下を一緒に歩きながら、レベッカさんが言う。

「メイナさん、体調はどうです？」

「体調ですか？　とてもいいですよ。もしかしてまた、私が花人だから心配してくださってます？」

どうも竜人にとっては、花人はとてもか弱く見えるようだ。レベッカさんは私が花人だと知った時も、モナさんと一緒に私の体を心配してくれた。

レベッカさんは続ける。

「ここ数日、朝晩になると少し涼しくなってきましたから。私たちにとってはちょうどいいですけど、あなたにとっては寒いくらいなんじゃないかと思って」

「そんな事ないですよ。私にとってもちょうどいい気温です」

私は笑って言った。そして少し話を変える。

「ところで、どうして竜人の人たちは花人にか弱いイメージを持っているんでしょう？　実際に花人と接してその花人が弱々しい人だったから、というなら分かるのですが、バクスワルドに花人はほとんどいないようですし。接する機会はないですよね？」

「ええ、私も花人に会ったのはあなたが初めてですよ」

「なら、花人の先祖である妖精のイメージから、か弱く思われるのでしょうか？」

「それもあると思いますが――」

レベッカさんはそう前置きしてから説明する。

「私たちが花人を弱い存在だと考える一番の原因は、きっと『異種族恋愛譚』という話のせいですね」

「『異種族恋愛譚』……。聞き覚えがあります。どこで聞いたんだったかな」

うーん、と首をひねったところで思い出した。バクスワルドに来てすぐ、パトリシア様の歓迎パーティーで貴族の女性たちが話していたんだった。

『パトリシア様は人間だけど、まるで花人のように見えるわね』

『小柄だし、華やかだものね。けれどたとえでも花人は駄目よ。〈異種族恋愛譚〉的にはね』

『ああ、そうね。あの話の中では海人との話が好きだわ』

『私も。人間との話も好きよ』

確かそんな会話をしていた。

レベッカさんは説明を続ける。

「『異種族恋愛譚』というのは、バクスワルドで昔から親しまれている本の題名です。その本は短編集のようなもので、五編の話が載っています。主人公は五人の竜人たちで、彼、彼女たちがそれぞれ、人間、花人、海人、森人、闇人の番を得るのですが、種族が違うので色々と苦労するのです」

「面白そうなお話ですね」

「竜人はみんな一度は読んだ事がある本ですよ。でも中には悲しい結末を迎える話もあります。人間、海人、森人との話はハッピーエンドですが、花人と闇人が相手の話はそうではないんです」

「そうなんですか」

そしてレベッカさんはこう提案してくれた。

「メイナさんも読んでみますか？　私、本を持っているので貸しますよ。読んでみれば、私たちがどうしてそんなに花人をか弱いと思っているのか分かります。ただの小説ですが、竜人は小さい頃から何度もこの話を読んでいる人が多いので、イメージが固定されてしまっているんです」

「本、お借りしてもいいんですか？　是非読んでみたいです」

「では、今度持ってきます」

「わざわざすみません。ありがとうございます」

私は軽く頭を下げてお礼を言った。

『異種族恋愛譚』、読むのが楽しみなような怖いような……。


レベッカさんが『異種族恋愛譚』を持ってきてくれたのは、それから三日後の事だった。

「すみません、私もしばらく読んでいなかったのでどこに仕舞《しま》い込んだか分からなくて、探し出すまでに時間がかかってしまいました」

「いえ、そんな。お手数をおかけしてしまってこちらこそすみません。お借りします」

お互いに謝りつつ、私はレベッカさんから本を受け取った。薄くはないけど辞典のように分厚くもない、普通の本だ。

表紙にはドラゴンとドラゴンに寄り添う女性が描かれているが、この女性が人間なのか他の種族の女性なのかは分からない。

レベッカさんと別れた後、私はさっそく自室でこの本を読む事にした。

パトリシア様の結婚式まではあと二日で、城の中は準備に奔走《はんそう》する使用人たちで慌ただしいけれど、私は特に忙しくはないのだ。

「よいしょ」

部屋に戻った私は、一人がけのソファーを押して明るい窓辺に移動させた。重いのでこれだけで一汗かいてしまう。

そしてソファーに座るとぱらぱらと本をめくって、竜人と花人の話を探した。

「あった。これね」

本の中扉に『花人の章』と書いてある。

この本に登場する五人の主人公たちは竜人の男性だったり女性だったりするようだが、この話の主人公は男性みたい。そして相手の花人は女性だ。

私は文字を目で追い、ページをめくりながら、段々と話に集中していった。

短編なので、読み終わるまでにそれほど時間はかからなかった。読んだ感想としては、胸を締めつけられるような切なさが残る、悲しいお話だなと思った。

そしてレベッカさんたちが私の心配をしてくれた意味も分かった。この話の花人は、実際の花人以上に弱い存在として書かれている。

それにもう一つ、納得できた事がある。

この本はバクスワルドでは有名な本だ。ほとんどの竜人は読んだ事があるのだろうし、きっとレイも読んでいるはず。

そしてレイがこの話を読んでいたなら、不可解だった彼のこれまでの言動が理解できるようになる……ような気がするのだ。

（私がレイに自分は花人だと打ち明けたのは、彼がミュランに来ていた時——まだ私の事を番

だと言っていた時だった)

それは確かに覚えている。花人である事を秘密にはしていないので、言うなら早めに言っておこうかと思って、さらっと話したのだ。

(その時は気づかなかったけど、今思えばそれがきっかけだったのかも)

話した途端にレイが冷たくなったというわけではないが、私が花人である事には驚いていたし、その後の様子が少し変だったかもしれない。

けれど私の予想が当たっているなら、レイは異常に過保護な人という事になってしまう。

こんな架空の話を真剣に捉《とら》えて気にするなんて、言い方は悪いけれど、ちょっと馬鹿げているように思える。だからやっぱり違うのかもしれない。

それとも私がレイの番だとして、架空の話でも気にせざるを得ないくらい、番に対する想いは深いとか?

(うーん……。でもやっぱりそれは過保護過ぎる……)

膝の上で本を開いたまま、私が色々と考えていた時だった。

強い力でドンドンと部屋の扉がノックされ、外から怒っているような声で「メイナさん!」と名前を呼ばれた。

私はビクッと肩を揺らしてから答える。

「はい。どなたですか?」

私の問いに答えが返ってくる事はなく、代わりに扉が乱暴に開いた。

そこに立っていたのはサリさんだ。

彼女は開口一番、こう言う。

「キリアンにちょっかい出さないでください！」

「キリアン？　突然どうしたの？」

「しらばっくれても無駄です！　さっき、あなたとキリアンが二人きりで話してたって、私の知り合いの使用人が言ってたんですから」

「確かに少し話をしたけど……」

サリさんの勢いにたじろぎながら答える。

私からはキリアンのところに行かないようにしていたのだが、キリアンが自分の仕事の休憩中に私を探していたのだ。

用件は「メイナさんの顔を見たかったから」というだけだったので、早々に会話を切り上げて別れたのだが。

サリさんは目を吊り上げて言う。

「キリアンは私の番なんですからね！」

「番？」

「そう言われましたし、私もそうだと思います」

「キリアンにそう言われた？」

私は眉根を寄せて呟くと、サリさんにも尋ねる。

「サリさんはキリアンに何か感じるものがあるの？」

「ええ、そうです」

サリさんは胸を張る。

私は続けて、ずっと聞きたかった事を尋ねてみた。

「サリさんはキリアンの事が好きなの？」

するとサリさんからは「もちろんです」という返事が返ってきた。

私はさらに聞く。

「どういうところが？」

「……キリアンは私の事を好きだと言ってくれる。世界で一番可愛いと。それにとてもかっこいいから」

「彼の事をどれくらい知ってる？　出身はどこ？　兄弟はいる？　好きな食べ物は何？」

「そんな事知らなくても、番は惹かれ合うんです！　むしろ知らなくても惹かれ合うのが番でしょ！」

サリさんは大きな声で反論した。私はこれ以上彼女を興奮させないように頷く。

「分かったわ。でもキリアンをあまり信用しない方がいいと思う。彼は私にも『番だ』と言って嘘を――」

「そう、あなたは嘘だけど、私は本当なの。だって私、キリアンがここに来てすぐに、ほぼ初対面で番だと言ってもらっていたもの。あなたに番だと言ったのは私にヤキモチを焼かせるためよ。それだけの理由なの。覚えておいて」

「ええ、分かったわ」

私は僅かに肩をすくめて言った。サリさんは言いたい事を言って満足したのか、フンと鼻を鳴らして去って行く。

彼女が部屋を離れてから、私は考えた。

サリさんは番の存在に憧れていたのだろうか？　竜人の若い女性なら、誰でも多少は「自分にも素敵な番がいるかも」と憧れると言うし、サリさんもそうだったのかもしれない。

おまけに仕事仲間でほぼ同い年なモナさんには番がいるから、彼女たちの仲睦まじい姿を目にしては、いつか自分もと羨んでいたのかも。

そういう状況でキリアンに声をかけられたらどうなるだろう。キリアンは容姿は整っていると思うし、そんな彼に番だと言われたら……。

それにサリさんは本当にキリアンを番だと感じているのだろうか？　キリアンに番だと言われて舞い上がっているだけのような気もする。モナさんに感じたような、番を想う時の穏やかな感情を彼女からは感じないのだ。

そしてやっぱりキリアンは信用できない。サリさんにも番だと言っていたなんて。

「メイナ？　扉が開きっぱなしだけど」

と、そこでサリさんが開けたまま去って行ってしまった扉から、レイが声をかけてきた。一応、言いながらノックもしてくれているけど部屋は丸見えなのであまり意味がない。

「レイ、どうしたの？」

私は『異種族恋愛譚』を閉じ、自分の背中とソファーの背もたれの間に素早く隠した。

レイに色々と聞きたい事はあるが、もしレイが『異種族恋愛譚』を読んでいなくて全て私の勘違いだったら恥ずかしいし、今は問い詰めるのはやめておこう。

レイは腕を組んで言った。

「君、キリアンと二人で会っていただろう」

「えっと……いつの話？」

「さっきの話だよ」

キリアンに抱きしめられたりキスされそうになった時の事じゃないと分かって安堵する。

でもレイまで何故、さっき私とキリアンが会っていた事を知っているのか。

「僕の知り合いの騎士が、君たちを見かけたって言っていたんだよ」

「あなたまで！」

サリさんと同じような事を言うレイに、私はちょっと呆れた。

「一言二言、言葉を交わしただけよ。他愛もない話をしただけ」

「キリアンと会わないでいる事や話さないでいる事は難しいかもしれないけど、二人きりで会うのは危険だ。彼の潔白はまだ証明されていないし、それでなくとも怪しい男だから」

「人がよく通る廊下で少し話しただけだから大丈夫よ。あなたのお友達の騎士も通りかかったわけだし、二人きりではなかったわ」

レイは不満そうな顔のまま言う。

「……あいつがイアンを操ってパトリシア様を襲わせたかどうかは分からない。証拠がないから。それに僕はあいつが竜人じゃないと疑っているけど、それも本当のところは分からない。メイナはあいつが変身したのを見たわけだから、やはり竜人なのかもしれないし」

私はレイを見つめて続きを待った。

「でも一つだけ、いや、二つ、僕にはキリアンが絶対に嘘をついていると分かる事がある。あいつは平気な顔をして、二つは確実に嘘をついているんだ。だから僕は彼が信じられない」

「その二つって？」

私が尋ねるとレイは黙り込んだ。

でも私と同じ考えなら……キリアンが私を番だと言った事と、私に髪飾りを贈ったのは自分だと言った事じゃないだろうか。

レイが何も答えないので、私は彼を安心させるために言った。

「私もキリアンには気をつけているから大丈夫よ」

しかし言い方が軽くて不安なのか、レイはもう一度念を押してきた。

「気をつけて、本当に。こんなふうに扉を開けっ放しにして部屋に一人でいるのもよくない。なるべくパトリシア王女の側にいるんだ。そうすれば僕も君の側にいられるから」

「ええ、分かったわ」

私が頷くと、レイは「僕もこれから戻るから、メイナも王女のところに行くんだよ」と言ってから廊下を去って行ったのだった。


パトリシア様とダリオ殿下の結婚式前日。

ウェディングドレスも出来上がり、パトリシア様は最終の試着をして嬉しそうにしている。不安はあるだろうが、高揚感もあるようだ。

それにこの一ヶ月でダリオ殿下との仲も深まった。彼とならやっていけるかもと思い始めているだろうし、きっと恋も始まっていると思う。番が出会った時のような急激な恋ではなく、もっと淡く穏やかな恋が。

「少し緊張してきたわ」

「きっと上手くいきますよ」

胸に手を当てて言うパトリシア様を私は励ます。私にできる事と言ったら、あとは当日に髪を完璧に結い上げるだけだ。

改めて、いずれこの国の王妃になるパトリシア様の肩にかかる重圧はどれほどだろうと思う。

パトリシア様がこの国に慣れたら私はミュランに帰るつもりだったけれど、不安だろうにほほ笑みを忘れないパトリシア様を見ていると、この王女様をずっと支えていきたいような、そんな気持ちになる。

（けれどとにかく、明日の結婚式が無事に済みますように）

パトリシア様の悪い噂を信じて、二人の結婚に反対する人たちが何か騒ぎを起こさなければいいけど。

――と、私は式の当日の事ばかりを心配していたが、事件はそれまでに起こってしまった。

「明日に備えて、よく眠ってくださいね」

「そうね。でもなかなか寝つけそうにないわ」

夜になって、私はそんな会話をしながらパトリシア様の髪を就寝用に緩い三つ編みにしていた。

側にいたレベッカさんがこう提案する。

「何か温かい飲み物をお持ちしましょうか？　ホットミルクか、安眠効果のあるハーブティーなどいかがでしょう」

「そうね。それじゃあハーブティーを貰える？」

「すぐにご用意します」

レベッカさんがそう言ったのと、私がパトリシア様の髪を三つ編みにし終えたのはほぼ同時だった。

私は櫛などを道具箱に仕舞い、レベッカさんは部屋を出て行こうとする。一方、同じ部屋にいたモナさんはパトリシア様が眠る時に焚《た》くお香を選んでいて、そしてサリさんは――。

「サリ？　どうしたの？」

少し離れたところにいたサリさんに、レベッカさんは部屋を出る前に声をかけた。

私もそちらを見ると、サリさんは険しい表情でうつむき、自分の手元を見つめていた。何かを持っているようだが、両手を重ねていてよく見えない。

「サリ」

そしてもう一度レベッカさんが声をかけたところで、サリさんはレベッカさんの方はちらりとも見ずにツカツカとこちらに歩いてきた。

――と同時に重ねていた手を離し、右手を持ち上げる。

その右手には銀色のハサミが握られていた。

あれは髪を切る時に使うハサミだ。

一瞬、キリアンの事で逆恨みして私を刺す気なのかと思ったが、サリさんの視線はパトリシア様に向いていた。

「サリさん！」

私はとっさに止めに入ったけれど、サリさんはその手を上手く避けてパトリシア様の髪を狙った。

胸の前に垂れるように三つ編みにしていた髪を、首の辺りで切ったのだ。

「きゃあ！　何っ⁉」

パトリシア様は訳が分からないまま目をつぶって体を引く。太い三つ編みは一度では切れずに半分ほどは長いまま残っていたが、サリさんはそれを再び狙う。もう一度ハサミを開いたのだ。

「やめて！」

私は必死になって叫んだ。長い髪を失うのは女性にとってどれほど悲しい事か。まして結婚式の前日になんて。

サリさんに対しての怒りが一瞬で燃え上がり、私は奥歯を噛んだ。そして残りの髪は絶対に切らせないと、ハサミの前に自分の手を出す。

結果、パトリシア様の髪はこれ以上切られなかったが、私の左手が切れた。小指側の手のひらの側面がざっくり切れ、血がポタポタと滴《したた》り落ちる。

「サリ！　何て事をっ……！」

血のついたハサミを持って目を血走らせているサリさんを、レベッカさんが後ろから拘束しようとする。サリさんは暴れて抵抗したが、すぐにこちら側の救援が現れた。

部屋の外で警備をしていたレイともう一人の近衛騎士が、騒ぎを聞きつけて部屋に入ってきたのだ。二人はサリさんのハサミを見て目を見開くと、素早く彼女を捕まえ、ハサミを取り上げる。

「メイナ！」

そしてレイは私の手を見て、焦ったように言った。

ベルトにつけていたらしい手錠のような拘束具を取り出すと、サリさんにそれを取り付け、もう一人の騎士に彼女を任せ、自分は私の方にやって来る。

「メイナ！　怪我をしたのか!?　手を下げないほうがいい。こうやって上げていて」

「私よりもパトリシア様が……。髪を切られたのよ」

私の左手を支えて持ち上げながら、レイはパトリシア様に視線をやった。

「パトリシア様、お怪我は」

「メイナ、血が……」

パトリシア様はレイとほとんど同時に口を開きつつ、私の手を見ている。動揺している様子だ。

「何て事……。ひどい怪我だわ。早く手当てを……」

パトリシア様の声は震えていた。滴る赤い血を見て恐怖を感じながらも、私の事を本気で心配してくれている。

「いいえ、それよりパトリシア様の髪が」

私もパトリシア様を心配して言った。

「髪……？」

そこでやっとパトリシア様は目の前の鏡に顔を向ける。

と同時に鋭く息をのみ、目を見開いて固まってしまった。

レイは私の傷に手早く布を巻いて止血をしつつ、パトリシア様の様子を見てモナさんに指示を出した。

「誰か騎士を呼んできてくれ。手が足りない。それにダリオ殿下にも連絡を。あと医務室に行って先生を連れて来てくれ」

「は、はい！」

動揺しながら、モナさんは慌ただしく部屋を出て行く。

「どうしてこんな事を」

騎士に拘束されたままのサリさんを見て、私は顔を歪《ゆが》めて尋ねる。手の痛みより、パトリシア様の髪を切られた悔しさの方が大きい。

私を襲うならまだ分かるけど、何故パトリシア様を狙ったのだろう。

段々パトリシア様と打ち解けていくレベッカさんやモナさんと違って、確かにサリさんは最初から今までずっと他人行儀だった。

だけど強く憎んでいるとか嫌っているとか、そういう感情をパトリシア様に対して見せた事はなかったのに。それとも私が気づかなかっただけ？

「だってパトリシア様はダリオ殿下にふさわしくないもの」

サリさんは片方の唇を意地悪く上げて言う。

「彼女が将来この国の王妃になれば、国は破滅《はめつ》するわ。とんでもない浪費家だし」

「それはただの噂よ」

私はすぐさま言った。

「この一ヶ月パトリシア様の側にいて、国を傾けるような贅沢《ぜいたく》を望む方じゃないって分からなかった？　どうして噂の方を信じるの？」

「噂じゃない。キリアンがそう言っていたんだから」

「キリアン？」

私は眉根を寄せた。すぐ隣で私の左手を壊れ物のように支えているレイも同じ顔をしているはず。

サリさんは続ける。

「キリアンは、パトリシア様の噂は真実だと言っていたわ」

「それを信じたの？」

「もちろん。彼は私の番だもの。番の言う事を疑ったりしないわ」

「それでパトリシア様の髪を切ったって言うの？」

「キリアンは、二人の結婚式を中止させないとと言っていたわ。それがバクスワルドのためだと。だから私に力になってほしいって」

パトリシア様の髪を切れと指示したのは、キリアンだという事なのだろう。思わず拳を握ると、「手に力を入れては駄目だ」とレイに言われた。

と、その時。

「どうしよう……」

パトリシア様が消え入りそうな声でぽつりと呟いた。

呆然として鏡を見たまま、震える手で、半分切られた自分の三つ編みに触れる。

「結婚式は明日なのに……。こんな……みっともない髪……。私の髪……私の髪が……」

ショックを受けている姿が痛々しい。

けれど私まで焦っては駄目だと、サリさんやキリアンに対する怒りを一旦心の奥に押し込めて、なるべく冷静な口調で言った。

「大丈夫です、パトリシア様。私なら短くなっている事を誰にも気づかれないように髪を結う事ができます。幸いにも半分は長いまま残っていますし、結ってしまえば分かりません。私なら上手く誤魔化《ごまか》せます。大丈夫です。結婚式には何も影響ありません。絶対に大丈夫」

とにかく大丈夫と繰り返した。ただの慰めではなく、実際に美しく結う自信はあった。

けれどパトリシア様はぽろぽろと涙を流し始めた。たとえ髪が短くなっている事を上手く隠せても、髪を切られた事実は変わらないのだから当たり前だ。

大切に手入れをしてきた長い髪は女性の誇り。

だから自分の意志に反して髪を短く切られるという事は、その誇りを踏みにじられるに等しい行為だ。

「サリ……あなた、本当になんて事を。たとえパトリシア様のお体を傷つけなくても、王族の髪を切ったとなればそれと同等の罪になるわ。それともこんな事をして逃げられると思っていたの？」

レベッカさんは悲しげに言った。

サリさんは笑って返す。

「逃げるわよ。キリアンが助けに来てくれる。そう言っていたもの」

そしてその言葉通り、キリアンはこの部屋に現れた。

開いたままの扉から堂々と中に入ってきたのだ。

「キリアン……」

私は呟く。キリアンは目を細め、愉快そうにほほ笑んでいた。

「キリアン！　私、やったわ！」

サリさんは一生懸命にキリアンを見て言う。だけどキリアンはサリさんの方には顔を向けていない。腰に携えていた剣にさっと手をやったレイを見ている。

「キリアン、貴様《きさま》……」

レイは一歩私の前に出た。静かに怒っていて、まるで体から冷気が発散されているように感じる。

けれどキリアンはレイに対して何も言わずに、手のひらをパトリシア様に向けた。そして小さく唇を動かして何かを囁くと——短い呪文を唱えたのかも——次の瞬間にはキリアンの手のひらから炎の渦《うず》が飛び出して、パトリシア様に向かっていった。

「パトリシア様……っ！」

「きゃあー！」

しかし私がそう叫んで彼女を庇うより先に、レイが素早くパトリシア様を助けた。椅子に座っていたパトリシア様を抱きかかえるようにして、間一髪《かんいっぱつ》のところで炎を避ける。

と同時に、廊下から騎士たちがなだれ込んできた。みんな緊急事態である事は察知していて、剣を抜きつつキリアンに向かっていく。

しかしキリアンはまだ余裕の笑みを浮かべながら、トンと床を蹴って私の方に向かってくる。

そして次の瞬間には、私とキリアンはその場から消えていた。

キリアンは私を抱きしめるとまた何か呪文を唱える。

焦るレイとサリさんが順番に叫ぶ。

「キリアン!?　どうして……っ」

「メイナ！」


「何が起きたの……？」

キリアンに抱きしめられたまま、私は見知らぬ部屋に移動していた。さっきまでパトリシア様の寝室にいたはずなのに。

この部屋は暗いけど、背の高い棚がいくつか並んでいるのが分かる。まるで図書室みたいだけど、棚にあるものは本だけじゃない。丸められた紙や古びた箱、手入れされていない剣や盾、何に使うのか分からない道具もある。

そして私とキリアンは、棚と棚の間に立っていた。

「離して」

部屋を見回していた私は、我に返ってキリアンの体を押す。キリアンは笑って少し離れた。

「ここはどこ？　あなた一体、何をしたの？」

「魔法で移動したんだよ。ここは城の資料室。普段は誰も来ない場所だ」

キリアンはポケットに片手を突っ込んで続ける。

「本当はもっと遠くに移動したかったんだけど、魔法陣もなしで、しかも君を連れてだと、僕でもこのくらいが精一杯。でも灯台下暗《とうだいもとくら》しって言うし、意外と見つからないと思うんだよね。みんなきっと城の外に探しに行ってるよ。君の番もね」

「……レイの事？」

「やっぱり君も分かってたんだ。彼が自分の番だって」

「確信はないわ。私は竜人じゃないから番が誰なのか分からないし」

言いながら、何気ない感じを装って扉の方へ歩いてみたが、すぐにキリアンに引き戻された。

キリアンは私を本棚に押しつけ、顔を近づけて言う。

「大人しくしてて。今は城のあちこちに騎士たちがいるだろうから。もう少ししたら、魔法を使って少しずつ移動しよう」

「嫌よ。大人しくなんてしてるわけないでしょう」

ここが城の中だと分かって少し安心した。私にはこの資料室が城のどの位置にあるのか分からないけど、何とか廊下に出て少し走れば騎士を見つける事ができるだろう。

しかしキリアンは簡単には私を逃してくれそうになかった。

「だったら、どうしようかな」

私の顔の両脇に手をついて、楽しそうに言う。

と、そこで、私はキリアンの瞳がいつの間にか赤く変化しているのに気づいた。前は黒かったはずなのに。

私は動揺しながらも、強気に言った。

「あなたがサリさんをけしかけたのね」

「『バクスワルドの使用人がミュランの王女の髪を切った』。これは二国間で大きな問題になるよ。もしかしたらパトリシアとダリオの結婚も白紙に戻るかも」

キリアンはいつもより大人びた口調で話した。

そして布が巻かれた私の左手を取り、血の染みを見ながら言う。

「あーあ、可哀想に。普通に考えればパトリシアより君の方が重傷なわけだけど、『髪結師の手を切る』のと『王女の髪を切る』のでは、後者の方が罪が重い。手で庇うなんて馬鹿な事をしたね」

「自分の髪を大切にしている女性が、無理矢理髪を切られてしまう姿なんて見ていられないもの」

私はぐっと唇を噛んだ。パトリシア様のあの呆然とした顔を思い出すだけで胸が痛くなる。

人によっては「髪なんてまた伸びてくるんだから」と思うかもしれない。けれど私はそう思えない。「傷はいつか治るんだから、傷つけたっていいでしょ」と言っているのと同じだからだ。

「ああ、その顔が見たかったんだよ」

悲しさと悔しさで顔を歪める私を見て、キリアンが恍惚《こうこつ》とした表情で笑う。

「だからサリにはパトリシアの肌にハサミを突き立てる、という単純な方法を取らせるのではなく、わざわざ髪を狙わせた。君がきっとそうやって悲しむと思ったから」

「……あなたの目的は何？　私を狙っているのかパトリシア様を狙っているのか、どっちなの？」

「どっちもだよ。最初はパトリシアを狙っていた――と言うか、パトリシアとダリオの結婚を阻止したかっただけなんだけど」

「あなたはパトリシア様の悪い噂を信じているの？　それで二人の結婚を邪魔したいのね」

私がそう責めると、キリアンは声を出して明るく笑った。

「僕はそんなに馬鹿じゃない。ただの噂に踊らされてパトリシアを嫌うなんて」

キリアンはそこで妖《あや》しく揺らめく赤い瞳をこちらに向ける。

「そんな奴らと一緒にされるなんて心外だなぁ。大体、あの噂を流したのは僕なのに」

「あなたが？」

「そうだよ。新聞屋に情報を流したりもしたけれど、悪い噂っていうのはあっという間に広まるからね。そんなに難しい話じゃない」

「どうしてそんな事を」

「カザルスに依頼されたんだよ。パトリシアたちの結婚をなんとか阻止できないかって」

カザルスとは、バクスワルドとミュラン、双方と国境を接する小さな国だ。確かにパトリシア様とダリオ殿下が結婚すればバクスワルドとミュランの結びつきが強くなり、カザルスにとっては脅威だろう。

『実はダリオ殿下たちは、隣国のカザルスが関与している可能性もあるのではと疑っておられる』

いつかレイがそう言っていたっけ。私たちが街で新聞屋に遭遇《そうぐう》した時の事だ。つまりダリオ殿下の予想は当たっていたらしい。

私はキリアンを見て言う。

「あなたはカザルスとはどういう関係なの？　やっぱり竜人じゃなかったの？」

「僕はカザルス出身ではないし、特に思い入れはないよ。ただ面白そうだったから話に乗ってみただけで。それに僕は竜人でもない。あんな動物紛いの種族と一緒にしないでほしいな」

「でも、じゃあドラゴンに変身していたのは……」

「あれも魔法だよ。でも姿は変えられても飛び方は分からないから、飛んで見せてって言われていたら危なかったかな」

キリアンは、怪我をした私の左手を人質のように握ったまま続ける。

「――僕は闇人だよ。この赤い目がその証《あかし》」

「闇人……」

私の先祖は妖精だったみたいだけど、人間と交わりながら長い時を経てきたので、今では外見も中身も人間と大きく変わらない。

少しだけ魔力があって花を咲かせられたり、あとはちょっと暑さ寒さに弱かったりするだけ。だけど闇人はあまり人間と交わってこなかったと聞いている。だから中身は悪魔そのものなのかもしれない。

私がぞっと背筋を凍らせると同時に、キリアンは続ける。

「闇人かどうかは赤い瞳で判別ができる。でもまぁ、闇人は魔法も得意だからこうやって瞳の色くらい簡単に変えられるけどね」

キリアンの目の色が一度黒に変わってからまた赤に戻った。

「闇人には、大きな騒ぎや凶悪な事件を起こして目立つ者や、自分が先頭に立って紛争や戦争に参加し、人を殺す者もいるけど、僕はちょっと違う。自分で直接動くのは最低限で、弱い人間や寂しい人間をそそのかしたり、不満を持っている人間の背を押して悪の道に進ませたりして、陰で動く方が好きだ。特に今回のように大きな事をやる時はね」

「……それで今回はサリさんをそそのかしたわけ？」

「パトリシアに近い人間の中では、サリが一番不安定だったから。女官長のトーパンももう五十を越えているのにずっと独身ですでに親も死んでいるから、厳格なようで実は寂しさを抱えていて、意外と操りやすそうだったけど。まぁ、サリのがパトリシアに近いし」

トーパンさんはキリアンの事を信用していたけど、それもキリアンにそそのかされていたという事なのだろう。

だけどトーパンさんはキリアンに本格的に狙われなかった事で命拾いしたようなものだ。彼に心底惚れさせられていたら、サリさんのように人生を台無しにしていたかも。

「現状に不満を持っている者や夢見がちな者は操りやすいんだよ。でもそうじゃない者でも、闇人の都合のいいように操るのは難しくない。覚えておいて。僕らは人をたらし込むのが上手いんだ」

キリアンはそこで少年のような無邪気な笑みを見せた。

純粋かと思えば妖しく、素直かと思えば大きく歪んでいる。

そして優しく甘い言葉を吐いて、夢を見せてくれる。

それは相手に対して情がないからこそできる事なのだろうが、そこに気づかないと彼らの麻薬のような妖しい魅力にズブズブとはまっていってしまうのかもしれない。

自分がそうなっていたらと思うとゾッとする。

私に髪結いのような好きな事がなかったら、仕事やお金がなかったら、家族がいなかったら、キリアンを怪しむレイのような存在がいなかったら……どうなっていたかは分からない。

「人の心の弱さを、僕らはよく知ってる。でも君をそそのかすのは難しかったな」

キリアンは私の髪に触れながら言う。

「君って、誰も見ていないところでも、些細な不正とかちょっとしたズルとかできないタイプでしょ。馬鹿真面目って言うかさぁ。しかも努力するから当然ある程度は報われるし、もし報われなくても周りを恨まない。すごくやりにくいよ」

「……今、文句言われてるの、私？」

「でもそういう人間を闇に落とせたら、達成感はすごいんだ。サリなんかを言いなりにさせるのとは比べ物にならない。君が僕に心を許して、僕を愛するあまり色んな事に嫉妬《しっと》して、仕事にも身が入らなくなって、醜《みにく》く失墜《しっつい》していく姿を見たかったな」

「趣味が悪いのね。パトリシア様とダリオ殿下の結婚を阻止しようと暗躍する一方、私に接近してきたのはそのため？　すごく個人的な悪趣味のためだったの？」

私は眉をひそめて言った。キリアンにとって、周りの人間はみんなオモチャなのかも。

「そうだよ。髪結師見習いになったのはパトリシアに近づくためだったけど、そこでメイナという落としがいのありそうな花人を見つけちゃって……。しかも君にちょっかいを出すとレイがあからさまに嫉妬するからそれも面白くて」

私とレイとセットで面白がられていたらしい。何だかむかつく。

番だと言われて舞い上がらないでよかった。これもレイが一度〝番間違い〟をやってくれて、番という言葉に不信感を持っていたおかげだ。素直に感謝したくないけど、よかった。

「じゃあ、あなたの経歴は嘘？　地方の商人の屋敷で、そこの旦那様や奥様の髪を切ったり整えたりしていたっていうのは」

「嘘だよ。その商人は実際にバクスワルドにいるけどね。でも、今、ダリオたちが僕の事を調べてるみたいだから、すぐにバレると思ってたんだ。紹介状の偽造とか、散髪用のハサミを揃えたりするのは結構大変だったよ」

「それにしては髪を切るのが上手かったわね。使用人の髪を切ってたの、ちょっと見てたけど」

「器用だからね、僕」

キリアンはニコッと笑う。

私は顔をしかめながら続ける。

「ドラゴンに姿を変えた騎士を操って、パトリシア様を襲わせたのもあなたね」

「そう。それで失敗したから今度はサリに襲わせた」

「……じゃああれは？　前に髪飾りが盗まれた事があるでしょ？　あれは……？」

私の周りで起きた事件は、大きいものも小さいものも全てキリアンの仕業《しわざ》なんじゃないかと思えてきた。

でも、もしかしたら「それは違う」と言われるかもと思ったけど、キリアンはいたずらっぽく笑って認める。

「もちろん、それも僕」

「何のために？」

私はイライラして聞き返す。

「髪飾りの件は、パトリシアに竜人の誰かが自分に意地悪するために隠したのでは？　と不信感を持ってほしかったから。だけどそれ以外にも、君の事も困らせたかった。でも髪飾りを隠したくらいじゃ困ってくれなかったけど」

「その時からそんな事考えてたのね」

「もちろん。でも君に近づいたのは、サリを嫉妬させるためでもある。嫉妬すると短絡的になってさらにサリを操りやすくなるからね。だけど一目見た時から、僕は君の心を真っ黒に染め上げたいなと思ってたよ」

嬉しくない告白だ。

「それにやっぱり、レイの存在も大きいよね。僕は彼の事も好きだな。彼はきっと、一度闇に転落すればすごい事になるよ。君に対する想いを歪ませたら……僕でも手に負えなくなりそう。竜人の番に対する感情って面白いよね。──素晴らしいよ」

言いながら、キリアンは突然私の首を摑んできた。

本気で力は入れていないのか、かろうじて息はできるが苦しい。

「……っ」

「君の事、このまま連れ去ったらレイが命がけで追いかけてくるだろうなと思ったけど、鬼ごっこを楽しむより、ここで君を殺してしまうのもいいかもしれない。あいつ、君の死体を見たらどんな顔するだろう」

キリアンの目は笑っていなかった。けれど本気で楽しそうだ。そのちぐはぐさが怖い。彼は確かに悪魔だ。

「それともこの手をもっと傷つけて、二度と髪を結えないようにしてあげようか。そうすれば君は苦しむだろうし、君が苦しめばレイも苦しむ。あとはそう、純潔を奪ってしまうのもいいかも」

いいアイデアを思いついたというように、キリアンは瞳をきらめかせた。

「ねぇ、君はどう思う？　どれがいい？　やっぱり最後のかな」

笑顔でそう言うと同時に、キリアンは私のドレスの胸元を強く引っ張った。小さなボタンや飾りが飛び散って下着が覗く。

「やめてっ」

私はキリアンの髪を引っ張ったり胸を叩いたりして抵抗する。怪我をした左手が痛いけど、今はそれに構っていられない。

「ああもう、面倒くさいな」

キリアンは抵抗する私に対して眉間に軽く皺を寄せ、呪文のような言葉を紡《つむ》ぎ始める。何の魔法を使おうとしているのかは分からなかったが、とにかく発動させてはまずいと思った。

なので私は無我夢中になって、使えるものは何でも使おうと後ろの棚に手を伸ばす。右手はキリアンの左手を摑んで抵抗していたので、左手で。

そこでちょうど私の左手が触れたのは、ほどよい厚さの本だった。

私は即座にそれを摑むと、キリアンの側頭部に向かって力任せに叩きつける。遠慮なんてしていられない。

「いッ……！」

固いカバーの本でよかった。キリアンは突然の一撃に唸《うな》って、殴られた部分を両手で押さえた。

ふと本を見ると、レベッカさんに借りたものとは表紙の絵が違うけど『異種族恋愛譚』だった。私が手を伸ばした辺りには他にも数冊の『異種族恋愛譚』が棚に置かれている。中身は全部同じだと思うけど、装丁が違うみたい。中にはとても古そうなものもある。

「お前、思いっ切り……！」

キリアンは痛みに顔を歪めながら、恨みがましくこちらを見た。

「信じられない、お前ホントに花人かよ。花人って、争いを好まず、か弱いはずだろ」

「見くびらないで。私たちだって必要があれば戦うし、あなたたちが想像しているほど弱くないのよ」

するとキリアンは、怪我をしている私の左手を見た。左手はまだ本を摑んだままだ。

「大事な手で人を殴るなんて、髪結師失格でしょ。怪我してるのにさ、傷口広げる気？」

「大丈夫よ、十本あるうちの何本かの指さえ動けば髪は結えるから、今は手を労《いたわ》ることより、目の前にいる人を舐め腐った腹の立つ男を殴る事を優先したの」

「このクソ女」

いつも笑みを見せて余裕だったキリアンが、顔をしかめて汚い言葉を吐いた。

これまでこういう言葉も使った事がなかったので、キリアンの本性を表に引き出したようで、ちょっとスカッとする。

「メイナ、どこだ！」

――と、その時。

廊下を走ってくる足音と、切羽詰《せっぱつ》まったようなレイの声が部屋の外から聞こえてきた。

「レイ!?」

私はここよと声を張り上げようとしたけれど、その前にキリアンに手で口を塞がれた。

キリアンは眉間に深い皺を寄せて独り言を言う。

「いくら何でも早過ぎる。竜人って番の居場所が分かんの？」

「んー！　んー！」

口を塞がれながらも私が必死で声を上げると、「ここか!?」と声がして扉が乱暴に蹴り開けられた。

「鍵がかかってるはずなのに。ほんと竜人て野蛮だ」

キリアンはチッと舌打ちして言う。

「メイナ！」

「やぁ、早かったね」

そしてレイに向き直ると、また余裕を見せて笑った。キリアンは私を捕まえたまま、人質のように前に立たせる。

暗い部屋の中で表情を確認するに、レイは明らかに激怒していた。さっき、パトリシア様の部屋でキリアンと相対した時も静かに怒《いか》っていたけど、今はそれよりひどい。怒りの炎が体から発散されているようで、肌がぴりぴり痛む。

キリアンもきっとその激しい感情を感じているだろうが、怯える事なく愉快そうに言う。

「またいい事考えた。メイナを傷つけるのはやめて、レイを殺そう。今はメイナの方が腹立つから」

私に殴られた事を根に持っているのだろう。私に腹が立つなら私を狙えばいいのに。

しかしキリアンは私の背を押してあっさりと解放した。

「メイナ」

レイは私を抱きとめると、私のはだけた襟元を見て目をすがめ、服を直しながらこう言った。

「あいつを殺してくるから、ちょっと待ってて」

私にかけた声は優しいのに、目は本気だ。すごく怒《おこ》ってる。

キリアンは心底楽しそうに言う。

「レイは剣で戦うの？　僕は魔法を使わせてもらうけど。君が剣を振り回すにはここはちょっと狭いから、戦いやすいように移動してもいいよ」

「その必要はない。――メイナ、あそこまで下がって」

レイは私を振り返ってそう言うと、私が部屋の隅まで移動したのを確認してまたキリアンを睨みつける。

「すぐに決着は着く」

「ろくに魔法も使えないのに余裕だね……って、おい――！」

私の目の前で、レイの体が大きくなっていく。レイに遮られてキリアンの顔も見えないけど、彼が今、目を見開いて驚いているであろう事は分かる。

「ここ部屋の中だぞ⁉」

金色のドラゴンに変化したレイは、一直線にキリアンに向かって突っ込んでいく。元々距離が近かったから、キリアンには逃げる間も、魔法の呪文を唱える間もなかった。

本棚と本棚の間はドラゴンにとっては狭く、通れるギリギリだ。けれどレイは大きな翼が引っかからないよう真上に上げて、太い脚で床を蹴ったのだ。

「うぐ……ッ」

キリアンはあっという間にレイの大きな口にのみ込まれる。というより噛みつかれたのだろ

う。私からはよく見えなかったが、ドラゴンになったレイの口からキリアンの頭や手足が出ているのは見えた。しかも何か……骨が砕ける嫌な音がしたような。

そしてレイはそのまま本棚と本棚の隙間から抜け出そうとして体を動かした。隙間を無理やり抜けていくので棚に体は擦れているし、物は落ちるし、そのうち本棚も大きな音を立てて倒れてしまう。

「きゃっ……！」

私は安全な場所にいたけど、びっくりして小さく悲鳴を上げる。それに埃《ほこり》がすごいので手で口を覆った。

本棚が一つ倒れたのでレイは勢いよくそこを抜け、その先にあった窓へと突進していった。この部屋には窓は一つしかないが、その代わりに大きい。

レイはキリアンを咥《くわ》えたまま窓に突っ込むと、分厚いカーテンごとガラスを突き破り、下へと落ちていく。

「レイ！」

私は転ばないようにして足場の悪い床を越え、窓に近寄った。危なくて覗き込めないが、この部屋はかなり高い位置にあるようだ。

城にいくつかくっついている塔のうちの、どこかの上階にいるのだろう。

「レイ！」

レイは勢い余って窓を突き破ったように見えた。大丈夫だろうか？

「ここだ！　大きな音がした。行くぞ！」

するとその時、レイを追って他の騎士たちが廊下を駆けてきた。

「こっちです！　レイとキリアンが下に……！」

部屋に入ってきた騎士たちに私が訴えると、彼らは次々に窓の外に飛び出していく。そして空中でドラゴンに変化すると、翼を広げて地面に降りていった。

「大丈夫かしら……」

心配して私がそう呟いた時。

部屋にいた騎士たちが全員下へ降りたのと入れ替わりで、下から金色のドラゴンが飛翔してきた。

「レイ！」

レイは自分が破壊した窓枠に後ろ脚を引っかけると、そこで人の姿に戻る。

「メイナ」

「レイ、大丈夫なの？」

私の前に立ったレイに言うと、レイは厳しい顔をしたまま「大丈夫だよ」と答えた。そして自分のマントを外すと、それを私に巻きつけながら、怒りを抑えているようなこわばった声で尋ねてくる。

「何された？」

ドレスの襟元がはだけていたから気になったのだろう。答えによっては再びキリアンのところへ舞い戻りそうな雰囲気だったので、私は急いでこう言った。

「何も。服を引っ張られただけ。大丈夫よ。ところでキリアンは？」

「本当に？」

「本当よ。ねぇ、キリアンはどうなったの？」

「今頃、下で仲間に拘束されてる。噛みついて体中の骨を砕いてやるつもりだったけど、色々尋問しなければならないし、半分でやめておいたから生きてるよ。逃げようとしていたけど、痛みで魔法が上手く使えないみたいだ」

「そうなの」

ちゃんと拘束されたと知ってホッとする。レイは続けた。

「牢《ろう》も、魔法が使えないように術がかけられた牢があるから、そこに入れておくよ。昔、森人に頼んで術をかけてもらったらしい。森人は闇人と同じくらい優れた魔法使いだから」

闇人が悪魔なら、森人は精霊だ。彼らもまた人間とほとんど交わってこなかったので、魔力量が多く魔法の扱いに長けている。自然と共に生き、ほとんど森から出てこないらしいけど、善なる存在だ。

レイは説明を終えると、私をそっと抱き上げた。

「医務室に行こう。怪我を診てもらわないと」

「怪我は後で診てもらうわ。それよりパトリシア様のところに戻らないと。髪を切られてショックを受けておられるから。あ、でも先にレイや騎士の人たちにキリアンの事を話した方がいいかしら？　キリアンはカザルスと繫《つな》がっていたのよ」

「話は後で聞くよ。それにパトリシア様には今、ダリオ殿下がついておられる。だから君はまず手当てを受けるんだ」

有無を言わさず、レイは私を部屋から連れ出した。抱きかかえられているので私はそれに従うしかない。

レイの眉間にはずっと皺が寄っているけど、それは私の事を心配するあまりなのかも。

移動している間、手持ち無沙汰《ぶさた》な私はレイにこう尋ねてみた。

「キリアンが言っていたんだけど、竜人って番の居場所が分かるの？」

レイは何か他の事を考えていたのか、問われるまま警戒する事なく私の質問に答える。

「近くなら結構正確に分かるよ。遠く離れると大体の方角くらいしか分からなくなるけど。それに近ければ匂いでもある程度は追える。竜人は元々鼻がいいけど、番の香りは特に強く感じるんだ。持ち物についた番の匂いで、失くしものを探し当てたりもできる」

「犬みたいね」

私がからかうように言うと、レイもやっと少し笑って答えた。

「そうだね。僕もそう思った。でも、今回みたいに魔法で移動されると匂いは追えないけどね」

前にキリアンが隠した髪飾りをレイが見つけ出してくれたのも、私の匂いを手がかりに探したのだろうか。そして私がこの城にやって来た時、私の荷物を見分けて持ってきてくれたのも匂いで判別した？

私はさらりと言う。

「私って、あなたの番なのね」

レイは思わず足を止めて、目を見開いて私を見た。

けれどすぐに取り繕って視線をそらし、また早足で歩き出す。

「違うよ。今の話は……僕と君の事じゃない」

と、それだけを呟いて。

でも、すでに私の中の疑念は確信に変わっている。なのでここでレイを問い詰めてもいいけど、今はパトリシア様の事も心配だし、明日の結婚式が無事に終わってからにしようと考えた。

そんな私の考えが聞こえたわけではないと思うけど、レイはちょっと冷や汗をかいていたようだった。

医務室で怪我の手当てを受けた私は、レイと共にパトリシア様の寝室に戻った。

サリさんはすでにどこかへ連れて行かれていて、中にはレベッカさんとモナさん、椅子に座ったままのパトリシア様と、その側に寄り添うダリオ殿下がいる。

「パトリシア様」

私は暗い表情でうつむいているパトリシア様に駆け寄った。

「メイナ……」

顔を上げたパトリシア様の表情には、まだ髪を切られたショックが浮かんでいる。

私はすでにレイにキリアンの正体について伝えていたので、レイはそれをそのままダリオ殿下に伝えている。彼は竜人ではなく闇人で、カザルスの依頼を受けてダリオ殿下とパトリシア様の結婚を破綻《はたん》させようとしていた事などを。

ダリオ殿下も、そしてパトリシア様もその話を黙って聞いている。

私はその間、パトリシア様の三つ編みを解いて髪の状態を確認していた。左側のほぼ半分は、やはり顎の高さで切られて短くなっている。

無残《むざん》な状態に憤《いきどお》りを覚えるものの、けれどこれなら何とかなるとも思えた。根本から切られているわけではないので、左側もこれくらいの長さが残っていれば髪を結えるし、結えば髪が短くなっている事は誰も気づかないだろう。

「パトリシア様、安心してください。明日の結婚式は予定通りの髪型にしましょう。上手く短い髪を隠して結ってみせます」

レイのキリアンに関する話が終わったところで、私はそっとパトリシア様に声をかけた。パトリシア様に少しでも元気を取り戻してほしくて、安心してほしくて言ったのだが、パトリシア様は私が思っているよりもずっとしたたかで、強かった。

この短い時間で、彼女は覚悟を決めたのだ。

「いいえ……隠さなくていいわ」

私もダリオ殿下もレイも驚いて、パトリシア様を見つめる。

「隠さなくていいとは……？」

「切られたところに合わせて、残りの髪も切ってちょうだい。明日の結婚式はその髪で出るわ。だって隠したって隠し切れないもの。王女が髪を切られたなんていう、こんなに話題性のある事件はすぐに城中の人間に、そして市井《しせい》の者たちにも広まるわ。でもそれでいいのよ」

パトリシア様の表情にいつの間にか生気が戻っている。

というか、髪を切られた悔しさがむくむくと湧き上がってきているようだった。

「それで構わない。だってそうすれば、みんな私に同情してくれるはず。女性にとって大切な髪を切られるなんて可哀想だって。そして、それでも私が明日の結婚式に笑顔で出れば、しっかりした気丈な王女だと思ってくれる。みんな私に好感を持って、私に関する悪い噂はやっぱり間違いだったんだって思ってくれるはず」

パトリシア様は静かに、けれど強い口調で続ける。

「私、噂を気にするのはもう嫌なのよ。髪を切られた事をただ悲しんで、隠したまま生活するのも嫌。だからこれをチャンスにしてみせるわ。そしてバクスワルドのみんなから私に対する悪い印象を取り除きたいの」

「パトリシア様……」

私は感動して呟いた。パトリシア様専属の髪結師になって二年だけど、彼女はここまで強い人だっただろうか。最初はもっと子どもらしく、無邪気な方だったはず。

天真爛漫《てんしんらんまん》な部分もある一方、賢くてしっかりしているのも分かっていたし、強い人だと思う事も多々あった。

けれどここまで大きく成長している事に気づいていなかった。

この姿をミュランの国王陛下夫婦――パトリシア様のご両親に見せたい、と私がちょっと泣きそうになっていると、パトリシア様は唇を尖らせてこう言った。

「最初はショックだったけど、段々腹が立ってきたわ。サリもキリアンも覚えていなさいよ！それにカザルスの思い通りにもなってやらないんだから。明日の結婚式、必ず成功させてやるわ！」

「私の花嫁は、思っていたよりずっと強い女性だったようだ」

ダリオ殿下が笑って言うと、パトリシア様は我に返って顔を赤らめる。

ダリオ殿下は続けた。

「パトリシアが言うように、この事は隠すよりも皆《みな》に知られた方がいいのかもしれない。新聞屋にこの事件を記事にさせよう。サリ――王女の髪を切った衣装係は、カザルスの刺客《しかく》の闇人にそそのかされていた事。パトリシアの悪い噂は全てその闇人が流していたデタラメだという事もな。それを明日の朝、結婚式が始まる前に配らせるのだ。キリアンをみすみす雇った我々は責められるかもしれないが……パトリシアへの印象は確かに回復するだろう」

最後は苦笑いしつつ、ダリオ殿下は言った。

「ありがとうございます、殿下」

パトリシア様はそうお礼を言ってから、私に向き直る。

「メイナ。私はあなたを信頼しているからこそ、髪を短く切る事、そしてその髪で結婚式に出る事を決意できたのよ。だってメイナなら、この無残な髪を上手く切ってくれるでしょうし、短くなっても明日は綺麗な花嫁に仕立て上げてくれるでしょう?」

パトリシア様からの信頼に私は胸がいっぱいになった。

絶対にこの期待に応えたいと、胸を張って言う。

「ええ、短くなっているのは隠さずに、パトリシア様らしい華やかな髪型に結ってみせます」

「怪我をしているんだから無理をしちゃ駄目だよ」とレイが呟いた気がするけれど、私はやる気をみなぎらせて、明日のパトリシア様の髪型を頭の中で色々と考え始めたのだった。

結婚式当日。

朝、私がパトリシア様の部屋に向かうと、寝室の前に立っていたレイが大きく目を見開いてこちらを見た。

「メイナ、その髪……」

びっくりし過ぎて目玉がこぼれ落ちそうだ。

私は笑って言う。

「変？」

「いや、とても素敵だよ。でも驚いて……」

ふふ、と笑って私はパトリシア様の寝室に入った。すると私を見たパトリシア様も、使用人のレベッカさんやモナさんもレイと全く同じ顔をする。

パトリシア様の髪は、すでに昨日、顎の辺りで切り揃えて短くなっている。

「……メイナ？　……え、その髪、どうしたの？」

「切ったんです」

私は笑顔で言った。

そう、昨日のうちに私も髪を短く切ったのだ。長い黒髪を肩の上で切ったのだが、後ろは少し短め、前は少し長めになるように、長さに僅かに差をつけて切った。そしてそれを片側だけ耳にかけている。

自分で自分の髪を切るのは難しく、特に後ろは合せ鏡で何度も確認しなければならなかったし、左手は怪我をしているしでかなり時間がかかった。だからちょっと寝不足だ。

「切ったって……。そんな、メイナまで切る必要ないのに」

パトリシア様が申し訳なさそうに言うので、私はこう返した。

「おかしいですか、この髪型？」

「いいえ、そんな事はないわ。メイナにとてもよく似合ってる。大人っぽくて素敵だわ」

「でしょう？　自分で言うのもなんですが、気に入ってるんです。だから自分のせいで私が髪を短くしたとは思わないでください。むしろ自分に似合う新しい髪型を発見できて、私は今、とっても興奮しているんです。今までは髪型を変えると言っても、結い方を変えるだけでしたから」

そう伝えてから、改めて言う。

「パトリシア様。これからは竜人の女性の間で短い髪が流行しますよ。私一人だけで髪を切っても流行らないかもしれませんが、パトリシア様が短くすれば真似する人は多くいます。元々、長い髪を誇りに思いつつも、その長さを保ち、毎日手入れをするのは大変だと思っていた女性は多いはずなんです。だけど女性の髪は長いのが当たり前で、長い方が美しいという常識があったから切れなかった。でも、私とパトリシア様でその常識を今日、消すんです」

「メイナ……」

「流行を追うのは一般の人たち。けれど――」

私は自分の胸に手を当て、パトリシア様を見つめながら続ける。

「一流の職人と、パトリシア様のような〝有名人〟は、流行は自分で作り出すんです。これからは短い髪が女性の最先端です」

するとパトリシア様も表情を崩し、明るく笑ってくれた。

「メイナには負けるわ。髪を短くするなんて昨日は自分でも大胆な決意をしたと思ったのに……。実は切ってしまった後でちょっと後悔もしてたんだけど、もう不安はなくなったわ」

レベッカさんとモナさんもこう言う。

「髪が短くても、女性らしさは失われないんですね。本当にとても素敵な髪型ですよ。私も切ろうかしら？」

「確かに長く伸ばせば伸ばすほど髪は傷みやすくなるし、洗うのも乾かすのにも時間がかかるし、毎日のお手入れが大変なんですよね。短いのが流行るの、大歓迎です！」

二人の言葉を嬉しく思いながら、私は腕をまくってパトリシア様に向き直る。

短くしても、癖毛のパトリシア様の髪はそのままではボリュームがあり過ぎるので、ハーフアップに近い形で上半分の髪だけ華やかに、頭につけるティアラやベールに合う形で結うおうかと思っている。

「さぁ、では髪を結いますよ」

パトリシア様とダリオ殿下の結婚式は、大成功だった。

おごそかな式は滞《とどこお》りなく進み、その後で二人が城のバルコニーから姿を現すと、正面の庭園に詰めかけた人々からは大きな歓声が上がった。

「本当に髪が短くなっているわ。可哀想に」

「ええ、私だったらあんなふうに気丈に笑っていられない」

「でも見て。短くても素敵よ。華やかで明るくて、女性らしい髪型だわ」

「髪を短くするなんて考えた事なかったけど、ああやってパトリシア様が短くしているのを見てみたら、全然おかしくないのね。それどころかとても可愛いわ」

城に詰めかけた民衆に混じって端の方でパトリシア様を見上げていた私は、「そうでしょう、そうでしょう」と心の中で頷く。

竜人たちはみんなパトリシア様に同情し、でも彼女の笑顔に強さを感じ、そして新しい髪型に興味を引かれている。

「あら？　あなたも髪が短いのね」

と、近くにいた女性が私に気づいてそう言った。

「こんなに短いのに今まで隣りにいて気づかなかったわ。とても馴染んでいて、変に目立っていないから」

「ありがとうございます。実は私はパトリシア様の髪結師なんですが、髪を切るのも得意なんです。ちなみにこれ、今日のパトリシア様の髪型です。あとこっちは私の髪型です」

私は抱えていた大量のビラから、一枚を女性に渡した。ビラには、例によってパトリシア様の今日の髪型の結い方をイラストで載せている。

それに髪を切る時の参考になればと、短くなった私の髪型と、他に短い髪型の案をいくつか。

竜人の人たちはまっすぐな髪を持つ人が多いから、彼女たちに似合うようなものを考えた。

「もしもあなたが髪を短くしたいと思われた時は、理髪店でこのイラストを見せて、こういう髪にしたいと頼まれるといいですよ。こちらのパトリシア様の髪型の方は、もし周りで結婚される女性がいれば、よろしければ是非こういう髪型も勧めてみてください」

「まぁ！　実は私、来年結婚するのよ。それで今日はパトリシア様がどんなドレスを着て、どんな髪型で式を挙げられるのか見に来たの。参考にしたいと思って。髪は……決意が決まれば私も切ってみようかしら。新しい事って大好きなの」

女性は笑って言う。

若い人の方が受け入れてもらいやすいのかと思いきや、意外と年配の女性の食いつきもよかった。ビラを渡した、ある初老の女性にはこう言われた。

「長年こうやって後ろで髪を縛っていたから、年を取ってくるとおでこの辺りから薄くなってきてね。それにいくら手入れをしても髪の艶はなくなって汚くなってくるし、いっそ短くできたら楽なのにと思っていたんだよ。でも、今まではできなかった。女なのに短くして、って後ろ指さされるからね。でもこれからは大丈夫だね。何せ王女様が短くされているんだから。私もさっそく髪を切るよ」

そうして、大量に刷ったビラはあっという間にみんなに貰われてなくなったのだった。

パトリシア様とダリオ殿下もみんなから祝福されて、バクスワルドは前向きな明るい空気に包まれている。

この二人なら国をいい方向に導いてくれるだろうと、竜人たちは今日思う事ができたのだろう。

「さて、あとは自分の事だわ」

私は青い空を見上げてそう呟いた。


「メイナ」

結婚式の翌日。

日傘を差して中庭を歩いていると、後ろからやってきたレイに声をかけられた。

「散歩?　まだ昼間は暑いから、あまり外を歩かない方がいいと思うけど」

「あまり長時間は歩かないから大丈夫よ。レイは仕事は？」

「今は昼休憩の途中だよ」

そう言いながら、レイは私の手を引いて中庭の隅の日陰まで連れて行った。

「花を見てたのに。ところでレイは私を見つけるのが上手ね。何故中庭にいると分かったの？」

「たまたま見つけただけだよ」

早口でそう言ってから、レイはこう続ける。

「新しい髪結師見習いの事だけど、キリアンがああなったからには、また違う人を雇わないといけないね」

「雇わないといけない、という事はないわ。もし私なんかの技術を学びたいという人がいれば喜んで受け入れるけど、私の代わりを急いで探す必要はないの。だって昨日、パトリシア様がこう言ってくださったから」

私はパトリシア様の上品な口調を真似して言う。

「『最初は私がバクスワルドに慣れるまで、と言っていたけれど、やっぱり頼りになるメイナの事は手放したくないわ。今回の件でより強くそう思ったの。できればずっとバクスワルドで私を支えてほしい』って」

得意げに胸を張る私とは反対に、レイは顔をしかめた。

「それでメイナはその通りにするつもりなのか？　ずっとバクスワルドにいるつもりだと？」

「そうしようと考えてるわ。パトリシア様と違って私は気軽にミュランに帰れる立場だから、休みが貰えたらまた両親に顔を見せに行けばいいし。誰かさんと違ってパトリシア様はご自分の気持ちを素直に伝えてくださるから、それに応えたいと思うのよね」

「誰かさんって？」

本気で分かっていない様子で片眉を上げているレイに、私はぴしゃりと言う。

「あなたよ」

私は日傘を閉じながら続ける。

「レイは私の事を心配してバクスワルドから追い出そうとしているんでしょう？　冷たいかと思えば私の事を心配してきたり、よく分からないあなたの態度に最初は戸惑ったけど、さすがにもう気づいたわ。私、『異種族恋愛譚』を読んだの」

その中に出てくる、竜人と花人の話の概要はこうだ。

強い竜人と弱い花人は、話の中で正反対の存在として書かれている。けれど主人公の竜人は、ある花人の少女が自分の番だと気づいてしまった。

二人は想いを通じ合わせ、一緒に暮らすようになるが、竜人の力は花人にとっては少し強く、彼の些細な行動で花人が怪我をしてしまう事がよくあった。

手を握る時の強さでさえ、竜人は気を遣わなければならなかった。それこそ、花を握り潰してしまわないような力加減で、そっと握らなければならなかったのだ。

けれど一番の問題はそこではない。花人は気温の変化にも弱いのだ。

バクスワルドは四季の温度変化が激しい国で、花人が住むには厳しい環境だった。夏の盛りに花人はよく暑さにやられて倒れたし、冬の寒さには尚更弱かった。

そしてその年も、バクスワルドには例年通りの強い寒波がやって来て、国中を雪で真っ白に染め上げた。

毎年の事だし竜人たちは外に出ても平気だったが、花人はそうではなかった。竜人は自分の番を心配して家から出ないように言い、毎日暖炉の炎を暑いくらいに燃やし続けた。

けれどある日、食材の調達に出かけた竜人は、帰りに吹雪に見舞われて足止めを食らってしまう。

そして帰りの遅い竜人を心配した花人は竜人を迎えに行った。けれどバクスワルドの冬の寒さに、花人はあっという間に体温を奪われ、動けなくなってしまう。

やがて帰ってきた竜人が見たのは、道端で凍りついて死んでいる愛しい番の姿だった。竜人はいつまでもその場を離れようとはせず、冷たくなった番を抱いて泣いた——という悲しいお話だ。

「レイは私に、気候の穏やかなミュランに戻ってほしいんでしょう？　バクスワルドで冬を越してほしくない」

これまでのレイの言動を思い出すと、そう考えて私に冷たい態度を取っていたんじゃないかと思う。

「『異種族恋愛譚』は作り話で、実話じゃない。それは竜人のあなたもよく知っているはず。なのに話に影響されて私が凍死するのを心配するなんて、ちょっと……馬鹿げているから、やっぱり私の勘違いかとも思った。でも私が熱中症になった時のレイの行動とか、キリアンへの態度とか、色々な事を鑑《かんが》みると、レイがものすごく心配性で過保護に思えてきたのよね。私がこの城に着いた時、窓や暖炉をチェックしたりして私の部屋を無言で色々調べていたのも、あの部屋が私にとって快適な空間かどうか見ていたんでしょ。夏は暑過ぎず、冬には凍《こご》えないよう過ごせるかって」

私は一気に続ける。

「それでその予想通りにあなたが私に対して過保護なら、『異種族恋愛譚』というただのお話すら無視できなかったのかもって」

私はちらりとレイを見上げた。「あなた私の事大好きなんでしょ?」と聞いているようで恥ずかしくもあるけど、レイのよく分からない態度に振り回されるのは嫌だし、ここで真実をはっきりさせておきたかった。

「メイナ、僕は……」

レイは迷うように言葉をのみ込む。表情は苦しげに見えた。

私は続ける。

「私は別に、番なんだから付き合ってよとか、そういう事が言いたくてあなたを問い詰めているわけじゃないのよ。ただ、もしも私の事を心配してバクスワルドから追い出そうとしているなら、それは無駄だって言いたいの。だって私、『異種族恋愛譚』に出てくる花人ほど弱くはないもの。そう簡単に凍死なんてしないし、手だって普通に握られても折れたりしない。だってこの手が花みたいにか弱く見える？」

何の変哲もない、普通の手が。

しかしレイはすぐにこう返してくる。

「見えるよ」

「……今は怪我をしているから」

「怪我をしていなくても僕が強く握ったら折れそうだ。それにメイナはまだバクスワルドの冬を経験していないのに本当に大丈夫だって言い切れる？　確かに『異種族恋愛譚』の花人の話の舞台はバクスワルドの北の地域だけど、この王都だって冬はたくさん雪が積もるんだよ。凍《い》てつくような寒さの中では花は咲いていられないだろ？　大体君はすでに熱中症になって倒れているんだから、いくら大丈夫だと言っても信用できない」

「熱中症になったのは、暖炉とアイロンを使ったからで……」

急にすごい勢いで喋り出したレイに、今度は私がうろたえて黙る。

レイは厳しい口調で言った。

「暖炉とアイロンを使おうと判断したのがそもそも間違いだった。いくら王妃に依頼されたと言っても、君なら他の方法で髪を結っても王妃を満足させられたはず」

「う……」

「君は自分の弱さを自覚していない。自分は人間とほとんど変わらないと思っている。だから僕は余計に心配なんだよ。君の言う『大丈夫』は全然信じられない」

「……」

「それに冬や夏は一度来たら終わりじゃないんだよ。バクスワルドでは、おそらく君にとって快適な気温の日なんて一年で数週間か数ヶ月しかなく、あとのほとんどは暑さや寒さに耐えなければならないけど、それを毎年毎年繰り返さなければならないんだ。それをちゃんと分かってる？」

言い返せずに、私はふてくされて黙った。

いつの間にか私が叱られている。何故なのか。こういう方向に話を持っていきたかったわけではないのに。

「ああ、もう！」

やがて私は大きな声を出した。

「夏の暑さや冬の寒さに毎年耐えなきゃならない事は覚悟するし、体調にも気をつけるわ。自分の事を過信しない。私は人間より弱い部分もあるから。それでいいでしょ？」

そして本当に言いたかった事を伝える。

「もう一度言い直すけど、私の事を心配してバクスワルドから追い出そうとしているならそれは無駄なの。何故なら私はここでやりたい事ができたからよ」

「パトリシア王女を支える事？」

「それもそうだけど、他にも色々あるわ」

私はやる気と希望をにじませて言う。

「パトリシア様だけじゃなく、一般の竜人女性たちの髪も整えたいの。これからきっと髪を短くしたいという人が増えるはずだから、彼女たちがちゃんと満足できるように髪を切ってあげたい。だから、いつか城の近くに店を出せたらと思ってる。細かい希望を一人一人聞いて、その人に一番似合う髪型を提案したいの。竜人の女性たちをもっともっと魅力的にしたい。みんなに輝いてほしい」

言っているうちに楽しくなってきた。

私は続けて、明るく夢を語る。

「私一人じゃ手が足りないから後輩も育てたいし、バクスワルドの職人さん——他の理髪師さんとか、髪飾りを作ってくれる職人さんとも交流して学びたいし、それに髪の結い方やアレンジ方法、髪を切る時に参考になるように髪型のイラストを載せた雑誌みたいなものも作りたい」

力強く言って、こう続ける。

「店を出すとか雑誌とか、今はまだ夢物語のようなものだけど、でも実現できるようにこれから動いていくつもり」

私は自分の思い描く未来にわくわくしながら、レイをまっすぐ見つめた。

「バクスワルドでやりたい事がたくさんあるの。それを応援してとは言わないけど、邪魔はしないで。私は絶対、まだミュランには帰らないわ」

勝ち気に笑ってそう言い切る。

と、レイは目を軽く見開いてぽかんとした後、片手で自分の顔を覆った。

「レイ？」

数秒そのまま固まっていたけれど、やがて表情を隠していた手をどけると、レイは困ったような——けれど私につられたのかわくわくもしているような、そんなほほ笑みを見せる。

「あらがえないよ」

レイは眉を下げて笑う。

「そんなに楽しそうに夢を語る君に、僕はあらがえそうにない」

そして私をそっと抱きしめると、そのまま話し出す。

「君は僕の今までの努力を簡単に無駄にしてしまうんだから。僕がどんな気持ちで君に『番じゃない』と言ったか、どんな気持ちで君から離れたか、君に冷たくしたか分からないだろう」

「やっぱり私はあなたの番なのね？」

「そうだよ。もちろんそうだ」

レイはやっとそう認めた。

「君が花人だと知った時、確かに僕はすぐさま『異種族恋愛譚』を思い出した。メイナをバクスワルドに連れて帰りたかったけど、それはできないと思った。僕はメイナに死んでほしくなかったんだよ」

「心配性……」

私が暑さや寒さに弱い事は認める。だけどやはり、いくら冬が寒いからといっても簡単に死んだりしないと思うのだ。

もちろん十分な防寒もせずに外に何時間もいれば凍死するだろうけど、そんな事しないように気をつけるし、暖炉だってある。

私がボソッと呟くと、レイは一度私を離してから目を見て真剣に続けた。

「僕は君が凍死する事だけを心配していたわけじゃない。さっきも言ったようにバクスワルドでは一年を通して君にとって厳しい気温の日が多いし、それを毎年繰り返す。バクスワルドにいるだけで君は辛い日々を送る事になると思ったら、とてもじゃないけどメイナを連れて来る気にはなれなかった。君に無理をさせたくなかったんだ」

「分かったわ」

はいはい、と流したい気持ちだったけど、一応ちゃんと頷いておいた。

レイは続ける。

「僕がミュランに住む事も考えた。そうすればメイナと一緒にいられると思って。だけど僕は貴族の出で、一人っ子だから家を継がなければいけない。うちは代々王族に仕えてきた家系なんだ。その家を簡単に潰す事はできない。それに、君が王女を支えたいと思うのと同じように、僕もダリオ殿下を支えたいと思ってる。彼はきっと素晴らしい王になる。それを側で見たいんだ」

「分かるわ」

今度は本気で返事をした。家や家族、仕えている主人や仕事の事。それら全てを簡単に放棄する事はできないだろうし、捨てて会ったばかりの私のところに来るような人だったら、私はレイを魅力的だとは思わなかっただろう。

レイは続ける。

「それにそれら全てを放り出してミュランに行ったとしても、仕事も家もなくした惨《みじ》めな僕を君に見せたくなかった。仕事はすぐにまた見つけるとしてもね。かっこ悪いところは少しも見せたくないんだよ」

レイはもう一度私を抱きしめる。今度はさっきよりも強く。

「だけど君と離れる決断をするのが、どれだけ辛かったか。そうするのが君のためだと思わなければ、とてもじゃないが離れられなかった。なのに……僕は身を切るような思いをしてミュランを発ったのに、君は王女の輿入れについて来るし……」

「それは私のせいじゃないわ。パトリシア様に頼まれたから」

恨みがましく言うレイにそう反論する。

レイは私の肩に顔を埋めて、独り言のように続ける。

「君の身の安全を考えて無理矢理ミュランに帰すべきか、君の夢を応援するべきか、僕はどちらを選択すればいいんだろう」

まだ迷っているのかと思ったけど、レイの中では答えは出ているようだった。

「頭では君をミュランに帰すべきだと思っているんだけど、君があんなに楽しそうに夢を語るから、僕はそれにはあらがえない。とてもじゃないけど。番の気持ちを無視はできないんだ」

私はレイの腕に埋もれながら話を聞いていた。

「ミュランにいた時は、僕は君と離れられた。それはメイナがまだそれほど僕の事を好きじゃなく、僕と離れたくないと強く思っているわけではなかったからだ」

「じゃあ私が行かないでと泣いていたら、レイはずっとミュランにいてくれたの？」

「そうだね。君がそれを本当に望んだならそうしただろう。家の事やダリオ殿下の事を信頼できる誰かに任せてね。だから今回も、君の望みを無下《むげ》にはできない。君が本気で夢を叶えたいと思っているのが分かるから、僕にはそれを応援するしか選択肢が残されていないんだよ」

「ありがと」

私が笑って言うと、レイも体を起こして少し笑う。

「君が楽しそうだと僕も楽しいし、君が幸せだと僕も幸せなんだ。それに本当は、君の望みは何でも叶えてあげたい」

「なら、私が雪山に行きたいって言ったらどうする？」

冗談めかして尋ねてみた。レイは笑ったまま答える。

「もちろん止める。でもメイナが何が何でも絶対にそこに行きたいんだと望むなら、きっと最終的には僕が折れる事になるだろう。本当に行くとなったら、君が凍えて死んでしまわないように準備と調整はかなり入念にさせてもらうけどね」

「まぁ、今のところ雪山に興味はないから安心して」

雪山に住む人は何故かみんな髪が綺麗だとか、見た事もないような髪型をしている、なんていう噂を聞いたりすれば、もしかしたら研究しに行きたくなってしまうかもしれないけど……。

私はそんな事を考えた後で、話を戻した。

「でも、番じゃないなんて嘘をつかないで正直に言ってくれればよかったのに。花人である私の事が心配だから離れるんだよって。そうすれば私は無駄に腹立たしい思いをしなくて済んだのよ」

ちょっと怒りながら言う。

「それにバクスワルドに来た時だって、単に『早く帰れ』と言うんじゃなく、季節の寒暖差《かんだんさ》の大きいバクスワルドにいるより、気候の穏やかなミュランに戻った方が安全だよって素直に言ってくれたらよかったのに」

「でも、言ったところで君はミュランに帰った？」

「……帰らないけど……。パトリシア様の事もあるし」

私がぼそぼそと呟くと、レイは私の背に腕を回したまま続ける。

「君は自分の弱さを自覚してなかったから、言っても無駄だと思ったんだよ。さっきだって君は僕の事、心配性だって言っただろ？　正直に全部話しても、そんな事心配してるの？　って笑って済ましていたに違いないよ」

その通りだと思ったので、私は何も言い返せずに黙った。

「番じゃないと嘘をついたのも、それが最善だと思ったからだ。正直に話をして、僕がいい人のままで別れれば、メイナはしばらく僕の事を引きずるかもしれないと思ったから」

「自信家ね」

少しの皮肉を込めて言ったが、レイは自分の容姿のよさを自覚しているかのように唇の端を上げる。

「だってメイナは、僕がミュランにいた五日ほどで、すでにちょっと僕の事をいいなって思い始めていただろう？　僕がちょっと意識して顔を近づけたり笑いかけたりすると、ここが赤くなってたよ」

そこでレイは笑って、私の耳に軽く触れた。

私はまんまと顔を赤くしながら、でも恥ずかしいだけで嫌な気持ちにはならないまま言う。

「もう！　からかうのはやめて」

「からかってないよ。可愛かったよって言いたかっただけ」

そこで少し真剣な声になって、レイは続ける。

「腹立たしい思いをさせた事は謝るよ。でもミュランを離れる時、僕は嫌な奴になった方がいいと思ったんだ。それにメイナがバクスワルドに来てからも、僕が冷たく接した方が、君がミュランに戻ってくれる可能性が高いと思ったから。僕に腹を立てて帰ってほしかったんだよ」

「そんな事では帰らないわ。仕事もあるのに」

「そうだね。僕が浅はかだった。君の仕事に対する情熱を見くびってた」

そしてレイは表情を変え、余裕を見せてほほ笑むと、話題を変える。

「――ところで、メイナからこういう話を振ってきたという事は、もう覚悟はできているんだよね？」

「覚悟……？」

レイがあまりに爽《さわ》やかな笑顔を見せるので、私は警戒した。

「君は僕に番だと認めさせて、夢を語って、それを邪魔するなと言った。となれば、僕はもうメイナを番として思い切り大事にして、夢を追う君を支えて守っていくしかない」

「しかない事はないと思うけど……」

「覚悟して、メイナ」

怖気づく私に、レイはとてもいい笑みを浮かべて言う。

「番に対する竜人の愛は、すごく重いからね。しかもこれからはそれを隠さなくてもいいんだから」

これは逃げられそうにないなと、私はぎこちなく笑みを返した。

眠れる竜を起こしてしまったような気持ちだ……。


バクスワルドに本格的な冬が来た。これまでもすでに寒かったのに、これ以上寒くなるなんて耐えられない。

レイの言っていた事は正しかった。私はバクスワルドの冬の厳しさを舐めてた。

でも、やはり暖炉があれば何とかなる。必要以上に外に出なければ大丈夫。

王都に出すつもりの店の場所の下見に行きたかったけど、一人で行ったらレイに叱られるだろうし、しばらくはやめておく。自由に動けなくて多少不自由だけど、自分の身を守るためだから仕方がない。

それに私には、暖炉以外にも強い味方がいる。

ふわふわの暖かな布団に、毛皮のコート、手袋や帽子、マフラーやブーツ、防寒性の高いドレスや肌着などなど……。レイが山ほど買ってくれたのだ。

「メイナ」

分厚いショールを巻いて城の廊下を歩いていると、レイに声をかけられた。

ちなみにこのショールもレイに買ってもらった。というか買って押しつけてきたもので、ありがたく使わせてもらっている。

「レイ。もう仕事は終わったの？」

「ああ、今日はもう終わりだよ。メイナは？」

「私も終わり。パトリシア様が、『夜の髪の手入れはレベッカにしてもらうから、メイナは帰っていいわよ』って。ダリオ殿下から今日はレイの仕事も早く終わる事を聞いていて、気を遣ってくださったのかも」

そう言う私を、レイは穏やかなほほ笑みを浮かべて見つめてくる。私の事を愛しいと思ってくれている気持ちが、瞳から表情からオーラから、色んなところから漏れているような気がする。

レイはいつもこうだ。毎日何度も顔を合わせているのに毎回そんな顔で私を見つめてくるので、こちらの方が照れてしまう。

「今日は一緒に帰れるね。夕食も一緒に食べられる」

レイは嬉しそうに言って、私の髪を撫でた。

実は今、私たちは一緒に住んでいるのだ。私がレイの実家のお屋敷に住まわせてもらっている。結婚を前提に付き合っているんだからうちに住むべき、というレイの理論を受け入れたわけだけど、冬になって私が城の自室で寝ている間に凍死したりしないか心配だったんだと思う。

そしてレイはパトリシア様の近衛騎士からダリオ殿下の近衛騎士に戻った。夜の警備もあったりして相変わらず勤務時間は不規則なので、毎日一緒に家を出て一緒に家に帰れるわけではない。

けれど私が一人で移動する時もレイの家の馬車が迎えに来てくれるので、途中で凍死する事はなさそう。そこまでしなくていいと思うけど、馬車の椅子に毛皮を張ったりして内装を〝暖か仕様〟にしてくれているし。

「髪が少し伸びたね」

レイは私を横から抱きしめて、こめかみにキスをして言う。私を番だと認めてからのレイのこういう甘い態度には最近慣れてきた。諦めたとも言うけど。

「また伸ばしてほしい？　長い方がよかった？」

「長い髪のメイナも短い髪のメイナも、どちらも好きだよ。今はこの長さが最高に似合っていると思うけど、伸びたらそれが一番似合うと思うようになるし、もっと短く切ってもそれは同じだよ。僕にどっちがいい？　なんて聞かない方がいい。髪型でも服でもね」

「確かにそうね」

何の参考にもならない。でも今が一番似合ってると言われて嬉しい。

「寒い？　手が冷たい」

レイは私の手を握って言った。左手の傷はもうすっかり塞がっているけど、まだ痕が残っている。

「寒いわ。廊下には暖炉がないから。でも大丈夫よ。凍えるほどじゃない」

「本当？　すごく寒そうに見える」

私の左手の傷痕に口づけてから、レイは続ける。

「もう少し着込んだら？　肌着を何枚か重ねるといいらしいよ」

「これ以上着込んだら、髪を結うのに腕が上がらなくなるわ。それに太って見えるでしょ」

「太って見えて何か不都合がある？　僕はそんな事気にしないのに……」

そこでレイはふと黙ると、少し怖い顔をして言う。

「他に誰か、綺麗に見られたいと思っている男がいるわけじゃないよね？」

「そ、そんな人いるわけないでしょ！」

慌てて否定したけど、その様子が逆に怪しく見えたようで、レイは目をすがめてじっとこちらを見た。

無言の圧力が恐ろしくて、私はさらに続ける。

「本当よ！　嘘じゃないったら！」

だけど言えば言うほど嘘っぽくなる。レイは私の手を握ったまま話す。

「好きな人ができたとメイナが言うなら、僕はそれを応援すべきなんだろうね。番の幸せを一番に想うのが、番というものだから」

「だから違うったら」

「でもそれはできそうにない。相手の男が僕よりメイナを愛してメイナを大切にするなら、自分の辛さを押し殺して譲れるのかもしれないけど、そんな男はいるはずがないから」

「すごい自信ね」

私はからかうように言った。レイも勝ち気そうに笑う。

「だって僕はメイナの番だからね。番の相手が重なる事はないから、メイナの番は僕一人。そして番である僕よりメイナの事を愛せる男はいない」

そう言って私を抱きしめてくる。私と一緒にいると、常に体のどこかをくっつけていないと気が済まないのだろうか。

だけど私もそれを受け入れている。レイに抱きしめられるのも手を繋ぐのも嫌じゃない。

「僕の事を好きだと言って」

「え？」

突然甘えん坊の女子みたいな事を言い出したレイに、私は聞き返す。レイは少し恥ずかしいのか私を抱きしめて顔を上げないまま言う。

「これまで、僕は結構強引にやってきてしまったかもと心配してるんだ。結婚を前提に付き合いたいと言って、メイナを家に住まわせて、断る余裕を与えなかっただろう？　もちろん断られたくないからそうやって素早く動いてきたんだけど、常に少し不安なんだよ。メイナは本当に僕の事を好きなんだろうかって」

「そんな事気にしてたの？」

意外に思って呟いた。でもそうか。私は今までレイに好きだと言った事はないかもしれない。いつもレイが「好きだよ」と言ってくれるから、それに「ありがと」と返すだけだ。

抱きしめてくるレイから少し離れて、私は彼の目を見て言う。

「いくら私でも、特に好きでもない人と付き合ったりしないわ。その人の家に一緒に住んだりもしない。私はレイの事が好きだから、今もこうやって側にいるのよ。私はレイの優しいところが好き。私の事をすごく心配してくれるところや、私のやりたい事を応援してくれるレイが好き。それに笑顔も好きよ。柔らかくほほ笑んで私を見る顔も、私の事をからかう時にちょっと意地悪に笑う顔もね。あとはドラゴンに変身したレイも好きだわ。最近可愛く思えてきたの」

私は笑って、レイの金色の髪に手を伸ばした。

「それにあなたの髪も好き。美しい金色で、暖かみがあるし、何より手触りがいいのよ。少し細くて柔らかくて、さらさらしてる。あなたはよく私の髪を撫でるけど、私もレイの髪をこうやって撫でるのが好きなの」

じんわりと顔を赤くし始めたレイの髪を満足ゆくまで撫でてから、こう続ける。

「好きよ、レイ。愛してるわ。私、バクスワルドに来てよかった。こっちに来てレイと接するうちに、あなたの好きなところをたくさん見つけられたから。……ねぇ、顔が真っ赤よ」

「君がそんな事言うから」

「言ってと言ったのはレイなのに」

レイは気恥ずかしそうな、それでいてとても嬉しそうな、感動したような顔をしている。

「僕も今では、メイナがバクスワルドに来てくれてよかったと思ってる。ミュランで君を番だと思った時は一目惚れに近い感情だったけど、仕事に対する情熱とか、意外と気が強いところとか、君の色々な姿を見て知るたびに、また好きになるんだよ」

そう言ってから、照れつつ続ける。

「……じっと見過ぎだよ」

「レイが顔を赤くするなんて珍しいから」

「じゃあメイナも赤くなってもらおうかな」

調子に乗ってからかっていると、レイは片手で私の目元を覆い、不意打ちでキスをしてきた。

何度か口づけを繰り返すと、レイが手をどけた時には、顔を赤くしているのは私の方だった。

「ほらね」

レイは満足気に笑って言う。

悔しいけど、レイのこの笑顔も好きだから、私もどうしようもない。

書き下ろし番外編

番《つがい》という存在に憧《あこが》れはなかった。

竜人の女性たちは自分に運命の相手がいる事を望むようだけど、誰かに心とらわれるのは面倒な事でもあると僕は思っていたからだ。

「レイ様」

バクスワルドの王城を歩いていて、見知らぬ貴族令嬢や女性使用人に声をかけられるたび、彼女たちを見ても自分の気持ちが動かない事に安堵《あんど》してもいた。

彼女たちはみんな僕に話しかけると、名乗ってから期待に満ちた目でこちらを見つめてくる。僕がハッとして、「見つけた！　君が僕の番だ」と言い出すのを待っているかのように。

けれど僕が普通に対応すると、やがて諦《あきら》めて残念そうに去っていく。

「また声をかけられていたのか？」

振り返ると、今度はダリオ殿下が近衛《このえ》騎士を連れて立っていた。片方の口角を上げ、僅《わず》かに少年らしさの残る顔で愉快そうに笑っている。

「そろそろお前も結婚を考えるといい。妻を娶《めと》れば他の女性が近づいてくる事は少なくなるだろう」

僕は苦笑いして、尊敬もしているが弟のようにも思っている殿下に近づいた。

「自分の結婚は、殿下の結婚が無事に済んだ後で考えますよ」

そう言ってかわしたつもりだったが、ダリオ殿下には笑ってこう返されてしまった。

「だったら、すぐだな」

ダリオ殿下は今、隣国ミュランの王女との結婚話が進んでいるのだ。しかも明日から殿下はミュランを訪れる事になっていて、そこで正式に話がまとまる予定でもある。

僕は肩をすくめてその話題を流した。今は仕事に集中したいし、しばらくは結婚どころか恋人も作れそうにない。

それこそ番が現れない限りは――……。


ダリオ殿下のお供《とも》としてミュランに来るのは三度目になるが、この国は相変わらず穏やかだった。

何が穏やかかと言うと、気候がだ。

「涼しいですね」

ミュランの王城に着いた時、馬車を降りたダリオ殿下に僕はそう声をかけた。殿下も頷《うなず》いて空を見上げる。

「これで夏だと言うんだから信じられない。あそこにある太陽はバクスワルドと同じ太陽か？　バクスワルドではあれほど傍若無人《ぼうじゃくぶじん》だというのに、何故こちらでは刺すような日差しを抑えているんだ」

文句を言うように呟いた後、殿下は突然表情を変え、白い歯を見せて爽《さわ》やかに笑った。何かと思えば、ミュランの臣下たちが殿下を出迎えに来ている。

「遠いところを、よくいらしてくださいました。歓迎致します。中で国王や王妃、パトリシア王女もお待ちです。王女はダリオ殿下とまたお会いできるのを楽しみになさっておいでです」

「ああ、私もそうだ」

殿下が彼らに親しげに笑いかけると、相手もつられて表情を崩す。我が主は人の心を掴むのが上手《うま》い。


そしてその日の夜にはダリオ殿下を歓迎する夜会が催《もよお》され、殿下はいつも通りの快活な笑顔を見せながらパトリシア王女に積極的に話しかけていた。それに応《こた》えてパトリシア王女も楽しげにほほ笑んでいる。

殿下の結婚の事は何も心配はいらないだろう。この様子だと、六日後、僕たちが国に帰る頃には二人の結婚話はまとまっているはずだ。

そう考えながら、護衛をしつつダリオ殿下たちの事を見守っていた時だった。

何気なく周囲に視線をやった時、広間の隅でぽつんと立っている黒髪の女性に目が行き――そしてその瞬間、僕の心は彼女に奪われてしまった。

一瞬息が止まり、彼女から目を離せなくなる。

（何だ？）

衝撃が心臓をつらぬき、興奮なのか感動なのか、今まで体験した事のない感情が体中を巡《めぐ》る。

突如として湧き上がってきた激しい感情を何とかやり過ごすと、僕は長く息を吐いた。

軽く震えている自分の手は、熱に浮かされたみたいに熱くなっている。少しでも目を離せば幻《まぼろし》のように消えてしまうんじゃないかと心配になって、ずっと彼女を見つめてしまう。

ドレスを着てこの場にいるという事は、彼女はミュランの貴族令嬢だろうか？　しかし周りの女性たちと比べると態度が控えめだ。飲み物すら持っていない。

「レイ？　どうした？」

同僚の近衛騎士が、一点を見つめたまま動かない僕に気づいてそっと声をかけてきた。

「怪しい奴でもいたのか？」

「いや……」

僕は曖昧《あいまい》に答えた後、仲良く話をしているダリオ殿下とパトリシア王女の様子を確認し、彼にこう頼んだ。

「ちょっとここを離れてもいいか？　少しの間、殿下を任せた」

ダリオ殿下の近衛騎士は僕以外にも三人いるし、この夜会の最中に殿下に危険が及びそうな気配もない。

「ああ、構わないが」

「ありがとう」

相手が答えると同時にその場を離れる。広間に溢《あふ》れる貴族たちの間を縫《ぬ》い、黒髪を綺麗《きれい》に結《ゆ》ったあの女性のもとへ行こうとするが、

「あの、バクスワルドの騎士様？」

途中で若い女性に声をかけられてしまった。相手はミュランの貴族だろうし、話しかけてきてくれたのを無視する事もできないので立ち止まる。

「ダリオ王子の護衛でいらっしゃったのですか？　よければお名前を伺《うかが》っても？」

頬を染めてこちらを見上げてくる彼女は可愛らしい容貌をしていたが、僕の注意は黒髪の女性に向いたままだ。

けれど僕のせいで竜人のイメージが悪くなってはいけないので、目の前の彼女に失礼にならないよう、やんわりと言う。

「レイ・アライドです。……申し訳ありません、ちょっと知り合いと話をしなければならないので」

そうして控えめに笑みを浮かべれば、彼女は頬を染めたまま「分かりました」と引いてくれた。

僕の視線はまたすぐさま黒髪の女性を捉《とら》え、早足で彼女のもとに進んでいく。

そうしてやっと彼女の前までやって来ると、僕は今度は自然にほほ笑みを浮かべていた。彼

女を見ていると穏やかな幸福感に包まれる。

近くで見ると、目の前の彼女の髪が複雑に結われている事に気づく。ミュランの女性はみんなこういう感じの髪型をしているけれど、彼女の髪は特別おしゃれで可愛く見えた。僕の見方が偏《かたよ》っているせいだろうか？

そして僕は彼女を見つめたまま、こう言っていた。

「見つけた。君が僕の番なんだね」

自分の口から漏れ出た言葉にハッとする。

番……。そうか彼女が番なんだ。と自分で言って初めて気づく。

一方、彼女はいきなり僕に声をかけられて訝《いぶか》しげにしていた。

「番って何です？」

突然訳の分からない事を言われて困惑しているだろうと思いつつも、彼女のとても綺麗な碧《あお》い瞳がこちらに向いた事が嬉しくて、僕は浮かれる。

「竜人にとっての運命の人のようなものだよ」

夢の中にいるような気持ちで言う。番を見つけた喜びは言葉にならない。誰かに心をとらわれるのは煩《わずら》わしいと思っていたはずなのに、実際にとらわれてみればこんなに心地よく幸せな事はなかった。表情だって勝手に緩んで笑顔になってしまう。

早く彼女の名前が知りたいし、彼女の何もかもを知りたい。

そう思う僕とは違い、彼女はまだ戸惑ったままだ。人間は竜人のように番を認識できないのだろう。

「でもあの、私、あなたの事何も知らないし……」

彼女が控えめにそう言った時、僕はやっと冷静にならなければと思う事ができた。彼女を困らせたくないし、このままだと気持ち悪がられてしまうかもしれない。

「突然変な事を言ってしまってすまない。どうか気味悪がらないでほしい」

高ぶる気持ちを落ち着かせてそう伝えると、彼女は困惑しながらも「ええ」と頷《うなず》いてくれた。

なので僕はいくらか安心して、まずは自己紹介から始めたのだった。

「僕はレイ・アライド。バクスワルドの竜人で、ダリオ殿下の近衛騎士をやっているんだ」


それから毎日時間を見つけては、僕は僕の番――メイナのところに足を運んだ。メイナは僕が顔を見せると、少し恥ずかしそうに笑って近づいて来てくれる。それがすごく可愛い。

「今日も素敵な髪型だね」

「ありがとうございます」

メイナは髪を下ろしたままでも十分素敵だと思うけれど、彼女は毎日髪型を変えて結っている。髪結師《かみゆいし》だそうだから適当な髪型はしていられないのかもしれない。

「だけどそんなふうに複雑に結うとなると、毎朝大変だね」

僕がそう言うと、メイナは笑ってこう返す。

「髪に興味がない人なら大変かもしれません。でも私は楽しんでやってるんですよ。髪結師という仕事も天職だと思っています」

キラキラ輝く彼女の笑顔を見て、自分の仕事が本当に好きなんだろうと思った。彼女が幸せでいる事はいい事だ。

だけど少し焦《あせ》っている自分もいる。彼女が今の生活に満足しているなら、僕と一緒にバクスワルドに来てくれる可能性が低くなってしまうかもしれないから。

できれば僕がダリオ殿下たちと国に帰る時にメイナの事も連れて帰れればと思っていたけど、それはあまりに急だし無理そうだ。

ゆっくりとでも確実にメイナの気持ちを僕やバクスワルドに向けられるよう、焦らずやっていった方がいいかもしれない。

そう考えてメイナにあまり迫らないようにしたのがよかったのか、この短い期間で彼女も僕にほんの少しは惹《ひ》かれ始めてくれているようだった。

「レイさんは、明後日にはバクスワルドに帰られるんですよね？」

出会ってから三日後には、メイナは寂しげにそう尋ねてくれたのだ。

帰らない、ずっと君の側《そば》にいるよ、と言いたいのは山々だったけれど、現実にはそうはいかないので、僕は明後日にはダリオ殿下と共に国に帰らなければいけない事を話した。

「でも近いうちに必ず君に会いに来るよ。それに手紙も送る。そうやってお互いの事を知ってもしも僕の事を好きになってくれたら、いつかバクスワルドに来る事も考えてほしい。何年か先になっても構わないから」

「ええ」

「本当は、明後日帰る時に君の事も連れて帰ってしまいたいんだけど」

僕は笑って言ったけど、それは本音だった。メイナは恥ずかしそうに頬を染めつつも、僕に対して煮え切らない態度を取ってもいた。でもそれはまだ出会って数日だから当たり前だ。人生の大きな選択になるし、僕という相手を選んでバクスワルドに来るという決断をするには時間がかかるだろう。


「お前の番の様子はどうだった？」

その日、メイナと別れてダリオ殿下のところに戻ると、殿下は楽しげにそう尋ねてきた。僕に番が見つかった事、殿下も喜んでくれている。まぁ、恋に溺《おぼ》れ始めている僕を見て楽しんでいる節《ふし》もあるけれど……。

「少しずつ私に慣れてくれているようです」

「バクスワルドには来てくれそうか？　お前がミュランに住む事になると、信頼できる臣下を一人失う事になるし、私としては困るんだが」

「バクスワルドに来てくれるかはまだ分かりません。けれど私は殿下の騎士ですので、番のためとは言えそう簡単にミュランに留まる決断もできません。彼女が望んでこちらに来てくれるのが一番いいのですが」

「彼女が竜人であれば話が早かったのにな。そうすれば彼女もお前が番だと気づき、惹かれてくれる」

「ええ、そうですね。ですが僕は彼女が竜人だろうが人間だろうが、どちらでもいいのです。どちらでも愛おしく想う事に変わりはないですから」

僕がさらりとそう言うと、殿下は苦手な甘いお菓子を口に詰め込まれたかのように気持ち悪そうな顔をしたのだった。

その翌日、僕はまたメイナのもとを訪ねた。彼女は昼間は比較的時間があるようで、今日は一緒に昼食を取った後で庭を少し散歩する事ができた。

「ミュランでは、夏のこの季節でもたくさん花が咲いているんだね」

僕が庭の花々を眺めながらそう言うと、メイナはこちらを見上げて尋ねてくる。

「バクスワルドではもう花は咲いていないの？」

「咲いていないわけではないけど、バクスワルドはミュランよりずっと暑さが厳しいからね。あまり花にとってはいい環境じゃないんだよ。農作物なんかも水をたっぷりやらないと簡単に枯れてしまうんだ」

「そうなのね。ところで花で思い出したんだけど、レイさんに一応伝えておきたい事があって……」

メイナはそこで言葉を途切《とぎ》れさせた。僕が無言で何かを訴えるように彼女をじっと見つめたからだ。

「……えっと、どうかした？」

そわそわとまばたきをし、落ち着かない様子で前髪に触れる彼女のその仕草が可愛い。可愛いから、何故か意地悪したくなった。

「〝レイさん〟ではなくレイで構わないよって、昨日言ったのに。――そう呼んではくれないの？」

最後の一言は、いつもより彼女との距離を詰め、顔を近づけて囁くように言う。

我ながら何をしてるんだと思ったけど、メイナは意外にも照れて顔を赤らめるという反応を見せてくれた。耳まで赤くなっているのがとても愛おしい。僕の事、ちゃんと意識してくれているんだと嬉しくなる。僕の方が想いは強いけれど、一方通行ではない事に喜びを感じた。

こんな反応をされたらもっと意地悪したくなるなと考えた僕の心を読んだわけではないだろうけど、メイナは急いで話を戻した。

「レ、レイに話しておこうと思った事はね！　私の種族の事なんだけど！」

「種族？」

顔を赤くしたまま慌てているメイナを眺めながら、僕は笑って言う。本当に可愛い。

「種族って？」

「私、花人《はなびと》なの」

「花人？」

思わぬ事実を告げられて、僕はそこで笑顔を引っ込めた。

「ええ、きっと人間だと思われているだろうなと思ったから、早めに伝えておこうと……。だけど私の周りにいた花人は自分の親くらいだし、一家で普通にこの国の人間社会の中で生きてきたから、あまり自分が花人だという自覚はないの。ほとんど人間と変わらないと思ってる」

「花人……。そうだったんだね。気づかなかった」

人間だと思っていた彼女が珍しい花人だった事には驚いたものの、頭がすぐに働かず、その時はただ「そうなんだ」と思っただけだった。どうりで花のような甘い香りがすると思った、と納得もいった。

メイナが人間でも花人でも僕の番である事に変わりはなく、僕の気持ちにも変わりはないし、彼女が花人である事は僕の中ではとても些細な事だ――と、最初はそう考えていた。

けれどその後も彼女と散歩を続けているうちに、僕はふと『異種族恋愛譚《いしゅぞくれんあいたん》』の事を思い出す。バクスワルドで多くの竜人に愛され、読まれ続けている本の事を。

僕も読んだ事があるけれど、あの本の中で花人は悲惨な最後を遂《と》げていたはず……。

「レイ？」

「あ、ごめん。何の話だった？」

「パトリシア様がね――」

メイナがパトリシア王女の可愛らしいエピソードを話すのを聞きながら、『異種族恋愛譚』の花人の話を思い出そうとする。あまり恋愛の話に興味はなかったから真剣に読んではいなかったけど、確か話の中で花人はバクスワルドの寒さに耐え切れず死んでしまったはず。

（花人は花と同じように、厳しい気候の中では生きられない）

花が生きるには太陽も大切だが、夏にその日差しが強過ぎると枯れてしまうし、冬の寒さの中で元気に咲いている花を僕は知らない。気温が低ければ花は凍りつき、やはり枯れてしまうのだ。

（花人は弱い）

僕はそこでやっと、その事実に思い当たった。

今、僕の隣にいる愛しい番は、竜人と比べてとても弱い生き物なのだ。

体からさっと血が引いていくような感覚に陥《おちい》る。僕は、彼女が僕の想いに応えてバクスワルドに来てくれたら、そしてそこで一緒に暮らしてくれたらと望んでいたけれど、メイナがバクスワルドに来たらどうなるだろう。

バクスワルドはミュランとは気候が違う。穏やかに晴れている日は少なく、夏は厳しい日差しが肌を焼き、冬は凍《こご》えるような寒さと雪が国を襲う。

（彼女をそんなところに連れて行けない）

メイナが暑さで倒れたり寒さに凍える姿を想像しただけで、胸の辺りが苦しくなった。

「レイはそろそろダリオ殿下のところに戻らなくて大丈夫？」

メイナにそう声をかけられて僕は我に返る。時間にはまだ余裕があったものの、動揺したまま彼女の側にいられないと思ってこう答える。

「……そうだね、そろそろ戻らないと」

「明日にはバクスワルドに帰ってしまうのよね。寂しくなるわ」

メイナは眉を下げて言う。そんな寂しげな表情をされると困ってしまう。明日帰れなくなってしまいそうだ。

けれど僕がそう思ったのもつかの間、メイナは次にはあっけらかんとした笑顔を浮かべていた。

「だけど仕方ないものね。私もレイに手紙を書くわ」

「うん……」

分かっていたけれど、メイナはまだ僕の事をそこまで好きじゃないみたいだ。気に入ってはくれているようだし、異性として意識はしてくれているけれど、その感情は『恋かどうか微妙など《・》こ《・》ろ《・》』という感じだろうか。

「今日も話せて楽しかったよ。じゃあ、また明日……できれば僕たちがここを発《た》つ時に見送りに来てくれれば嬉しいな」

そうお願いすると、メイナは「もちろん」と笑ってくれた。彼女の笑顔はとても可愛く、僕もついつられて笑ってしまう。

しかしその夜には、僕は色々と考えた結果、一つの決意を固めていた。

やはり花人であるメイナにはバクスワルドに来てほしくない。バクスワルドで花は咲き続ける事ができないように、メイナも気温や環境に対応できずにすぐに倒れ、最悪命を落としてしまう事になるだろう。

それが予想できるのに、番と一緒にいたいという僕の気持ちを優先させられない。

僕がミュランに住む事も考えたけど、それもいい選択とは思えなかった。ダリオ殿下の事や家の事、仕事の事などを考えると僕はバクスワルドを簡単には離れられないし、地位や身分を捨ててミュランにやって来てもメイナを幸せにしてあげられるだろうか？　知り合ったばかりの僕がそんな行動を取っても、メイナだって困るはず。

だから僕は、彼女を手放す決意をしたのだ。

「すまないが、君は僕の番じゃなかったみたいだ」

まともに眠れないまま朝を迎えると、僕は見送りに来てくれたメイナになるべく冷たい口調でそう言った。自分の吐いた言葉で気分が悪くなる。

「え？」

当たり前だが、僕の態度が突然変わった事に彼女は戸惑っている。いきなり僕に「番だ」と言われて困惑しながらもそれを受け止めてくれたのに、今度は「番じゃなかった」なんて、僕はなんてひどい男なんだろうと思う。

「番じゃなかったって……？」

「うん。間違えたんだよ」

「……そんな事、あるの？　私は竜人じゃないからよく分からないけど、番を間違えるって……」

メイナの声は弱々しかった。きっと傷ついた顔をしているんだろうと思うと、とてもじゃないけど彼女の顔を見られない。

出発前にパトリシア王女と話しているダリオ殿下の方を見ながら、僕は早口で言う。

「だから、すまなかったって言ってるだろう。悪かったよ。でも間違いなのは確かだ。僕は君にもう何の魅力も感じていない。だから君も僕の事は諦めてくれ。さようなら、メイナ」

あまり長く話せば、決意が揺らぐ。

ごめん、嘘だよ。君は間違いなく僕の番だし、君に何の魅力も感じていないなんてそんな事あるわけない——と、メイナを抱きしめて許しを請《こ》いそうになってしまう。

だから僕は逃げるようにして彼女のもとから去った。それはくっつき合う強力な磁石を離す事より難しかったし、メイナを傷つけたまま置いていくのは身を切られるよりも辛かったけれど、こうする事が彼女のためなんだと言い聞かせて何とか耐えた。

か弱い花人であるメイナの相手には、同じミュランに住む花人か人間の男がふさわしい。バクスワルドに住んでいて、おまけに力の強い竜人なんてふさわしくない。

僕は、僕の番に幸せになってほしかった。


「そんな別れで本当によかったのか？　全て正直に説明すれば、お前の番も納得して穏やかに別れる事ができただろうに」

帰路の途中、僕がメイナとの事を話すと、ダリオ殿下は残念そうに言った。僕は馬に乗り、殿下は馬車に乗っているが、殿下は小窓を開けてこちらを見ている。

僕は手綱《たづな》を握ったまま、肩を落としてうつむきつつ答えた。

「ひどい別れであった方がいいと思ったんです。これで彼女は私の事を嫌いになったはずですし、何の遠慮もなく新しい恋ができます。それに私も彼女に嫌われたという自覚を持っていないと、まだやり直せると思ってしまって、今すぐにでも引き返してしまいそうなので」

暗い声でブツブツと説明する僕を見て、ダリオ殿下や周りにいた同僚の騎士たちが「これは駄目だな」「顔が死んでる」などと呟《つぶや》いた。

そしてそれからの日々は、いつも以上に集中して仕事に取り組む事で何とか生きていた。

正直、仕事に関する事以外で自分が何をしていたのか記憶にない。ちゃんと食事を取っていたのかも分からないが、倒れていないという事は食べていたのだろう。

出会ったばかりの番を失って、僕の世界は色をなくしてしまった。食事の味も分からなければ、感情を大きく動かす事もなく、空を見ても花を見ても美しいとは思わない。

（花……）

しかしそこでふと、僕はとある花の事を思い出した。母か庭師が植えたのだろうか、いつからか実家の屋敷の庭に咲き始めた、水色の花の事を。

（あの花の色は、メイナの瞳とよく似た色だったな）

そう考えるとその花の名前が気になってきて、五分後には僕は城の図書室で花の図鑑を開いていた。

そうして目当ての花の名前がネモフィラだと分かると、来年の春もうちの庭にこの花がちゃんと咲くか心配になってきた。というか、今年の春もネモフィラは咲いていただろうか？　今まで花に興味はなかったのでちゃんと見ていなかった。

（もし咲かなかったら自分で植えよう）

僕はそう考えながら図鑑を閉じた。いきなり花を育て始めて屋敷の庭をネモフィラでいっぱいにしたら、両親や使用人たちは気味悪がるだろうな。

そして僕がそんな事をしているうちに、パトリシア王女の輿入《こしい》れの日がやって来た。とは言え結婚式はまだ一ヶ月先で、二人が正式な夫婦になるのもその式の日だ。

婚約が発表されてからというもの、城で働く使用人たちの話題はパトリシア王女の事ばかりになった。

「今度来る王女様って、どんな方かしら？」

「いい方だといいわね。小柄で、容姿は可愛らしいとは聞いたけど」

「私は不安になる噂を聞いたわ。パトリシア王女は浪費家で、とてもわがままだって」

朝、城を歩いていると、使用人たちのこそこそ話が耳に入る。同じような会話を他の使用人がしているのも、もう何度も聞いた。

パトリシア王女は好き勝手に噂されているようだが、ある程度は仕方がない。竜人たちが王女を実際に目にし、人柄を把握するまで続くだろう。

僕はそう考えつつ、今日やって来る王女に「メイナは元気でやっていますか？」「僕の事は何か言っていませんでしたか？」なんて未練がましく尋《たず》ねないようにしなければとも思った。

その後ダリオ殿下のもとに向かうと、殿下は朝食を食べた後でこう言い出す。

「ただ待っているのも暇だし、パトリシアを迎えに行こう」

いつもより落ち着きがないダリオ殿下が年相応の少年のように見えて、僕は少しなごんだ。

「では、そうしましょうか」

そうして僕たちは国境に向かう。しかしそこではダリオ殿下とパトリシア王女の結婚に反対する国民たちが暴動を起こしていた。パトリシア王女を迎えに行かせた騎士たちや、王女が乗っているであろう馬車に詰め寄っているのだ。

「まずいな。これ以上大事になる前に止めなければ」

ダリオ殿下が顔をしかめて言い、僕たちは馬から降りてドラゴンの姿に変わる。そして翼を広げて飛翔すると、暴動を起こしている竜人たちを吠え声で牽制《けんせい》した。

彼らが大人しくなると、僕らは馬車の中にいるパトリシア王女を驚かせないよう人の姿に戻る。そして僕は王女の無事を確認するために馬車の扉を開けた。

「王女殿下、ご無事で——……」

けれど馬車の中にいたのはパトリシア王女だけではなかった。

（どうしてここに……）

メイナの姿を目にした瞬間、僕の心臓は大きく跳ねた。動揺して思考が止まる。メイナは碧い瞳で僕を見た後、不快そうに顔を歪める。

その反応にショックを受けつつ、僕は唇を引き結んだ。

（何故来たんだ）

バクスワルドはまだまだ暑いのにと、メイナを心配するあまり眉間に深い皺《しわ》が寄る。

「何故、君がここにいる」

「私はパトリシア様の髪結師なので一緒に来たんです」

「僕を追ってきたわけではないんだね？」

「そんなわけないでしょ！」

そこでメイナは立ち上がり、僕の方をキッと睨《にら》んだ。

「あなたの事なんて、もうこれっぽっちも気にしていないから。私は仕事でバクスワルドに来たんです。自惚《うぬぼ》れないで」

彼女の言葉はナイフのように僕の胸に突き刺さった。

けれど僕はこのまま彼女に嫌われ続けないといけない。こんな嫌な奴がいるバクスワルドにはいたくない、ミュランに帰りたいと思わせるために。

……しかし、果たしてそんな態度をちゃんと取れるだろうか？


城に着くと、メイナはパトリシア王女やダリオ殿下と共に中に入り、使用人たちは王女の荷物を馬車から運び出す。

と、そこでふとメイナの香りがしたのでそちらに目をやると、パトリシア王女の荷物に紛れて、少し傷んだ大きな手提げ鞄《かばん》が置いてあるのに気づいた。きっとメイナの荷物だろう。

（隣のトランク二つと、こっちの箱三つもそうか）

彼女の荷物だけ、僕には甘く香っているように感じるのだ。

「いいよ、これは僕が運ぶ。王女について来た髪結師のものだろう？　どこへ運べと言われている？」

メイナの荷物を運ぼうとした男の使用人を止めて部屋を聞き出すと、僕はそれらを中へと運び込む。そしてメイナにあてがわれた部屋に向かうと、彼女はすでにそこにいた。

薄暗い部屋の中で、蠟燭《ろうそく》の炎が彼女の横顔を照らしている。いつまでも眺めていたいけれど、僕は優しい声を出さないように気をつけながらこう言った。

「これ、君の荷物だろう」

メイナはハッとして振り返る。しばらく彼女のものとなる部屋はシンプルで狭かった。こんなところでメイナは快適に暮らしていけるだろうか？　もう少し広くて、大きな窓があって明るくて、だけど夏は涼しく冬は暖かい部屋じゃないと……。それに暖炉《だんろ》はあるけど絨毯《じゅうたん》は薄いので、寒くなる前にもっと分厚いものに替えてもらわなければ。

「何してるの？」

後ろからメイナの声が聞こえてきたが、僕は今度はベッドを調べていた。普通のベッドだが、彼女が寝るには少し粗末だと思う。マットが薄いし、冬になればこんな毛布一枚ではとてもじゃないが耐えられない。

「そろそろ部屋を出てもらっていい？」

いや、そもそも冬まで彼女をここにいさせてはいけない。

僕はメイナに近づき、彼女の瞳を覗き込むようにして手首を掴む。

「出て行くのは君の方だ」

しかしそこでハッとして手を離した。掴んだ手首は思ったよりも細く、僕が少し力を入れれば折れてしまいそうだったから。それにメイナが反射的に一歩後ろに下がったからだ。

「痛かった？」

思わずそう尋ねた僕に、メイナは怪訝《けげん》そうな顔をする。

「……いえ、そこまでは」

本当だろうか？　明日になってあざになったりしていないか、ちゃんと確認しなければ。

そう考えながら、僕は改めて厳しい表情をした。

「一ヶ月後、ダリオ殿下とパトリシア王女の結婚式が終わったらミュランに帰るんだ」

「どうしてそんな事——」

「いいね？　一ヶ月だよ」

一方的にそう言って部屋を出ると、後から扉に何かがぶつかったような音がした。それにメイナが何か叫んでる。

「どうしてそんな事あなたに指示されなきゃならないのよ！」

とか、なんとか。

僕はびっくりして目を丸くした。国境付近の馬車の中で顔を合わせた時も思ったけど、メイナは意外と気が強いところもあるみたいだ。

でも何故だろう、その事実に少し笑ってしまう。彼女の新たな一面を見られて嬉しいような気持ちだし、怒っている彼女も可愛いんだろうなと思うと部屋に戻りたくなる。

けれど僕は自重《じちょう》して表情を引きしめると、そのまま廊下を去ったのだった。

メイナがバクスワルドに来て三日が経った。今のところ彼女はミュランに戻ってくれそうにない。

メイナは自分の仕事に誇りを持っているようだし、思っていた以上に責任感が強い。髪結師という仕事とパトリシア王女を放り出してバクスワルドから去る事はなさそうで、僕は少しイライラしていた。彼女が安全な環境にいてくれないと、心に余裕がなくなってしまう。

そんな僕の気持ちも知らず、この日の夜に行われた夜会でもメイナは楽しげだった。僕が声をかけると少し嫌そうな顔をしたけど、着飾っておしゃれをしている女性たちを見るのが楽しいのだと、表情を輝かせて語るのだ。

そんな顔をするなんて卑怯《ひきょう》だ。

「うーん、駄目だわ。見てたら髪を結いたくてうずうずしちゃう」

メイナは最後にそんなふうに言うので、僕は思わず声を漏らして笑ってしまった。彼女が楽しそうにしていると、僕も楽しい。

けれどメイナがきょとんとした顔でこちらを見るので、そこでやっと我に返った。慌てて笑顔を消して、逃げるように彼女のもとから離れる。

(危ない……)

ダリオ殿下のところへ向かいながら胸を押さえる。番というのは恐ろしい存在だ。相手が笑えば、こちらもつられてほほ笑んでしまう。相手が心から楽しそうにしているのに、しかめっ面《つら》でいる事は難しいのだ。

一方、僕がそんな事をしているうちに、夜会でのパトリシア王女のお披露目《ひろめ》は上手くいった。最近誰かが裏で画策し、故意にパトリシア王女の悪い噂を広めている様子だったけれど、貴族たちは庶民ほど簡単に噂に流されたりはしていない。彼らも噂される立場だし、巷《ちまた》に流れている話には信用できないものも多いと分かっているからだ。

一人だけパトリシア王女に面と向かって嫌味を言う貴族がいたけれど、そのバルドイ伯爵に王女は笑って皮肉を返した。彼女もただ可憐《かれん》なだけの王女様ではないようだとちょっと感心する。

(さすがメイナの主と言うか……どちらも意外とたくましい)

メイナの方もにこにこと笑顔で会場を回って、何やらパトリシア王女や自分の髪型を描いた紙を配っているのだ。ここにいる竜人たちに、髪型を通じてミュランやパトリシア王女に親しみを持ってもらいたいのだろうか。

「これ、どうぞ～」

ビラを配るメイナの顔は、髪結師という職人のものではなかった。人のよさそうな顔をして物を売りつけてくる商人みたいな顔だ。

僕は思わずまた笑ってしまう。彼女を見ているととても楽しい。ミュランにいた時とは少しずつ印象が変わってきたけれど、幻滅する事はない。知らなかった面を見つけるたび、そこにまた惹《ひ》かれる。

番とは、ひと目見た瞬間相手に対して最大の愛を持つものだと思っていたけれど、そうではないのかもしれない。知り合った後からも相手に魅了され、愛情は無限に増えていくのだ。

「困ったな」

僕は苦笑いして呟いた。本当に困っているのに、メイナを見ていると笑顔になってしまうからさらに困る。

「閣下」

しかしそこで怖いもの知らずのメイナが、パトリシア王女にしてやられて最高に不機嫌になっているバルドイ伯爵にまで声をかけたので、僕は慌ててそれを止めるため走ったのだった。

夜会から二日後。

午後になって僕がパトリシア王女の部屋の前で歩哨《ほしょう》に立っていると、女官長のトーパンが声をかけてきた。

「レイ様、頼まれていた新しい髪結師の事ですが、とても有望な子が見つかりましたよ」

トーパンはいつも厳しい顔をして使用人たちの仕事ぶりに目を光らせているが、その髪結師がよほど優秀なのか、今は機嫌がいいようだった。

「そうですか。ありがとうございます」

これでメイナをミュランに帰す事ができると思いながら礼を言うと、トーパンは部屋の扉をちらりと見て続ける。

「今、パトリシア様と髪結師のメイナさんは部屋におられます?」

「ええ」

「では、これから彼を連れて参ります」

「彼？」

僕は眉をひそめて聞き返したが、トーパンはさっさとどこかへ行ってしまう。そしてすぐに一人の青年を連れて戻ってきた。黒い髪を長く伸ばした、整った顔立ちの若い男だ。

あんなに髪が長い男はバクスワルドでは初めて見た。髪のせいで少し中性的にも見えるが、職業上伸ばしているのだろうと予想をつける。

彼は僕と目が合うと、人好きのする笑顔を浮かべてほほ笑みかけてきた。その人懐っこそうな様子といい、髪型といい体格といい、あまり竜人の男らしくない。

けれど今は彼の竜人らしさなんてどうでもいい。大事なのは性別だ。

部屋に入ろうとする二人を止めて、僕は言う。

「待ってください。彼は男ですよね？」

「ええ、髪は長いですがそうですよ」

トーパンは相変わらず機嫌がよく、にっこりと笑って答える。そしてパトリシア王女の部屋の扉をノックし、入室を許されると、さっさと中に入ってキリアンというらしい髪結師見習いを紹介してしまった。

パトリシア王女は自分の髪結師が男になる事に抵抗はないらしく、メイナも彼を受け入れる。けれど、僕は彼を認めたくなかった。

メイナの側で一緒に仕事をする事になる見習いが、男なんて。

しかも彼は人懐っこく、容姿も悪くない。竜人の男にしては小柄だが、メイナと並ぶとちょうどいいような気もする。

そう思って僕はムッと顔をしかめた。

自分からメイナを手放したのに、彼女に他の男が近づくと腹が立つなんて自分勝手過ぎる。

けれど嫉妬《しっと》を完璧に抑える事はできなかった。

「メイナ」

メイナとキリアンが何やら見つめ合っているので、僕は思わず声をかけてそれを邪魔したのだった。


（キリアンは好きになれない）

彼が城に来て三日も経つと、僕は彼に対してそういう思いを抱くようになっていた。

とは言えその思いの半分は、嫉妬から来る僕の勝手な感情だ。キリアンは何も悪くはないので、冷静になると彼に申し訳ない気持ちにもなる。

しかし残りの半分はキリアンにも原因がある。彼は人のよさそうな青年に見えたがそうでもないようで、僕の事をからかってくる事がある。僕がメイナに執着している事に気づいている様子で、メイナに必要以上に近づいてこちらの反応を楽しんでいるのだ。

僕も無反応でいられればいいのだが、まんまと顔をしかめてしまう。

（キリアンは周りの事をよく見ているし、鋭い）

無邪気な印象もあるが、一方で頭もいいのかもしれない。仕事にもすでに慣れて何でもそつなくこなし、優秀なようだ。

（でも性格はよくない。たぶん。……いや分からない。でも子どものようにいたずら好きな部分もあるかもしれないが、性格が悪いというほどではないのかもしれない）

僕はそんな事をつらつらと考えていた。キリアンの性格がいいとメイナが彼に惹かれてしまう可能性があり、僕にとって都合が悪いから、僕はきっとキリアンを嫌な奴にしたいのだ。

誰もいない廊下を歩きながら、一人ため息をつく。

（僕こそ嫌な奴だ）

自分がこんなに嫉妬深く、女々しくて、自分勝手だとは思わなかった。

と、落ち込んでいると、

「モナ！　朝以来だね！　会いたかったよ」

「パドル！　私も会いたかったわ」

外に王女付きの使用人であるモナと下《した》っ端《ぱ》騎士のパドルの姿が見えた。二人とも昼の休憩中らしく、庭で人目も気にせず抱き合っている。これまでもたまにいちゃついているのを見かけたが、あの二人はどうやら番らしい。

僕は窓の向こうの彼らを横目で見て、思わず目を据《す》わらせる。お互い竜人だと何の障害も葛《かっ》藤《とう》もなさそうで、羨《うらや》ましいったらない……。

親しくなっていくメイナとキリアンを見て、僕はそわそわもやもやしながらも何もできず、数日が経った。

小さな事件が起きたのは、パトリシア王女が王妃のお茶会に初めて参加する日の事だった。メイナが持っていた髪飾りが、保管していた箱ごとなくなってしまったのだ。

数は多かったようだが、そういうものに興味がない僕にとっては「髪飾りくらい……」という気持ちだった。

けれどメイナにとってはもちろん大事な髪飾りだ。何とかして見つけてあげたかったので、僕は休憩時間に城を歩き回る。髪飾りを探すというより、髪飾りについているであろうメイナの残り香を頼りにした。

(僕は犬か……)

自分はドラゴンの血を引く気高き竜人のはずでは、と心の中で自嘲《じちょう》する。けれどメイナの助けになるのなら、犬にでもなろう。

しばらくして、僕にとってはむせ返るほど甘い、中毒性のあるいい香りがしてきた。だけどこれは髪飾りについた残り香にしては濃過ぎる。そう思って角を曲がると、廊下の先をメイナがこちらに背を向けて歩いて行くところだった。彼女も髪飾りを探している最中のようだ。

話しかけてメイナを振り向かせ、顔を見たくなる。それに声も聞きたくなった。番の顔はいつも眺めていたいし、声だって常に聞いていたいのだ。

けれど僕はそれを我慢して、黙ってメイナを見送った。

そして再び残り香を探して鼻を利かせる。すると時間はかかったが、やがて僕はメイナの大事な髪飾りを見つける事ができた。城の裏手のひと気のない場所に、箱が三つ捨て置かれていたのだ。

それを開けると、メイナの香りがさらに漏れ出てくる。詳しくはメイナに確認してもらわないと分からないが、中身は無事なようだ。美しい髪飾りたちは壊される事も汚される事もなくそこに並んでいる。

「ありがとう、レイ！」

見つけた箱をメイナに渡すと、彼女は声を弾ませて喜んでくれた。

ああ、本当はずっと彼女のこういう顔を見ていたいのにと思いながら、僕も思わずほほ笑む。

番が喜んでいるのに、その感情に引きずられないでいる事はできなかった。

「でもよく見つけたわね。あんなところ、たまたま通りかかる事はないでしょう？」

メイナが疑問を口にすると、僕が答えるより早く、使用人のモナがこう言葉を挟んだ。

「匂いですか？　昨日、花人だと知って納得したのですが、メイナさんはお花のような甘いい香りがするので」

僕は馬鹿らしいというように首を横に振る。

「いくら竜人の嗅覚《きゅうかく》が鋭いと言っても、さすがにその箱についたメイナの残り香を辿《たど》る事はできない。犬じゃないんだから」

「そうですよね、さすがに。例外として、番だと相手の香りをより強く感じるから、残り香を辿る事も不可能ではないですけど」

モナは含みを持たせてそう言い、僕をちらりと見てきた。彼女はメイナが僕の番である事に気づいたのだろうか？　モナも番がいるから、僕の些細な表情や行動から感づかれてしまったのかもしれない。

キリアンだって僕がメイナに特別な感情を抱いている事に気づいている様子だし、メイナには冷たく接しているつもりだけど、鋭い人間には僕の気持ちはバレてしまっているのだろうか。


その日、休憩時間に僕は一人で医務室に向かった。中には誰もいなかったので、棚に並んでいた目当ての医学書を勝手に見させてもらう。

「熱中症か……」

とあるページを開いて呟く。竜人は頑丈なので気温に左右されて体調を崩す事は少なく、それに関連する症状にも詳しくないので、メイナのために勉強しようと思ってここへ来たのだ。

冬は凍死する危険もあれば、そこまでいかなくても風邪をひく確率が高くなるようだし、人間はしもやけができたりするようだ。しもやけなんて初めて聞いたが、人間がなるという事は、人間より弱い花人もなるに違いない。

そして夏の暑さによる症状で一番危険なものは熱中症のようだ。これも竜人で倒れる者はほとんどいないと思うが、人間だと最悪死に至るらしい。

「暑さで死ぬなんて。もしこれにメイナがなったら……」

僕がゾッとして呟いた時、医務室の主が部屋に戻ってきた。彼は城で働く医者で、主に騎士たちの怪我の治療などをしている。

「お、どうした？　珍しい。殿下の近衛がどこを怪我したんだ？」

いつも少しだらしない格好をしているその医者は、医務室に来ている僕を見てそう言った。

「いえ、怪我はしていません。それに今は殿下の近衛ではなくパトリシア王女の近衛です。実は少し医学書を見せていただきたくて……すみません、勝手に読んで」

「ああ、いいさ。いくらでも見てくれ。勉強熱心でいい事だ。戦う騎士にとっても医学の知識は大切だ。怪我をした時の応急処置の仕方とかな」

「怪我をした時ではなく、熱中症になった時の適切な処置の仕方を聞きたいのですが」

「熱中症だぁ？」

僕が尋ねると、医者は片眉を大きく上げて『何を言い出すんだ、こいつは』という顔をした。

そしてこう続ける。

「それを聞いたって活《い》かす場面は来ないと思うぞ。俺もそこそこ長く医者をやってきたが、熱中症の患者を診《み》た事なんてほとんどない。バクスワルドの夏がいくら暑いと言っても、竜人はそれに負けないくらい強いからな」

「いいから教えてください」

僕が本を閉じてそう言うと、医者は「それが人にものを頼む態度か」とぶつぶつ言いながらも、熱中症になった時の対処の仕方を教えてくれたのだった。

そしてその知識を活かす時は、メイナが自分の弱さをちっとも分かっていないせいで、すぐにやって来てしまった。

きっかけは、パトリシア王女の護衛につくため、僕が王妃の部屋を訪ねた時だ。部屋が暑さで少しむっとしていたので、僕はこう尋ねた。

「暖炉をつけていたんですか？」

暖炉には、数本の薪《まき》が燃え残っていた。

答えてくれたのは、いつもとは違う髪型をした王妃だ。

「髪のアイロンを熱するのに使ったのよ。パトリシアの髪結師に、私たちも髪を結ってもらったから」

王妃は機嫌よく言った。彼女の隣に座っている侍女たち三人を見ると、彼女たちも髪型がおしゃれになっている。つまりメイナはこの暑い部屋でアイロンを使い、四人の髪を結ったらしい。

そう思い至ると、僕は交代するはずだった同僚にもう少し休憩を取るのを待ってもらい、すぐさま廊下を引き返した。

暑さ寒さに弱いであろうメイナの体調を僕がいくら心配しても、本人に自分は弱いという自覚がないのだからどうしようもない。夏に暖炉を使うなんて……。

僕は心配のあまり、メイナに腹を立てながら彼女を探した。遠く離れていなければ番の居場所は大体分かる。

「今は……」

メイナの気配を探って、急いで城の一階に下りる。自分の部屋で休んでいるわけではないようだと思い、顔が険しくなってしまう。

回廊を走り、中庭に出ると、さらに僕は不機嫌になって顔をしかめる。メイナはもう近くにいるはずだが、陽の当たる中庭に来ているなんて。

彼女を見つけたらお説教をしなければと思いつつ、ふと後ろを振り返る。

すると日陰にあるベンチでメイナが倒れているのが目に入り、僕は彼女に腹を立てていた事もお説教しようとしていた事も一瞬で忘れた。

彼女は薄っすらと目を開けていたので生きているのは分かったけれど、それでも心臓がぎゅっと握り潰されたかのように痛み、冷や汗が吹き出る。

慌てて彼女に駆け寄り、声をかける。

「メイナ！」

「レイ？　何してるの……？」

メイナはやはり暑さにやられて体調を悪くしていた。とても気分が悪そうだ。

僕は彼女に水を飲ませたり、体を冷やしたり、医者に教わった応急処置を一通り行った後、彼女を医務室に連れて行った。メイナの顔色はよくなってきたけど、僕の心臓の鼓動はまだ落ち着いてくれない。メイナが倒れている光景は目に焼き付いて消えなかった。

しかし医者にも診てもらい、メイナはこれで死ぬ事はないと分かると心からホッとした。それと同時に、自分の弱さを自覚していない彼女に対する小さな怒りが再び湧き上がってくる。

「僕らが想像しているより花人は強いだって？　よく言うよ」

ベッドで横になっているメイナに僕がつらつらと小言を言っていると、彼女は悲しげに眉を垂らした。

「怒らないで」

その声がまだ弱々しかったので、体調の悪い相手に僕は何を言っているのだろうと反省する。

「……ごめん」

僕はメイナの手を優しく握って言った。彼女の事が心配でたまらない。

パトリシア王女に関する悪い噂は、未だに巷を賑わせている。一度広がった噂はなかなか消えないようだが、調べると、どうも一番最初に王女の根も葉もない悪評を記事にしたのは〝サン・ガーディアン〟という新聞らしい。

密かに進めている調査によると、隣国のカザルスが関与している可能性も出てきた。まだはっきりした事は分からないが……。

僕はそうやってダリオ殿下とパトリシア王女の結婚の事で気を揉みつつ、メイナの事でも悩んでいた。

バクスワルドに来た彼女と一緒に過ごすうち、段々と彼女に冷たい態度を取る事が難しくなってきたのだ。

メイナの笑顔や、仕事に真剣に打ち込んでいる姿、パトリシア王女の事を大切に想っている様子。それに意外と気が強い部分があったり、抜け目なくちゃっかりしていたりと、様々な姿を間近で見てきて、僕の彼女に対する想いも強くなってきている。

冷たく接してメイナをミュランに追い返す事が彼女のためになると思っているのに、このまま一緒にいたいという気持ちがどうしても出てきてしまう。

彼女には笑っていてほしいし、彼女を喜ばせたいと思ってしまうのだ。

「お買い上げありがとうございます」

昼間にメイナと来た宝飾品店を、夕方になって再び一人で訪れた僕は、いつの間にかメイナが欲しがっていた髪飾りを購入していた。ほぼ無意識の行動だから自分が怖い。これを手に入れたメイナはとても喜ぶだろうと思ったら、手は勝手に財布を持って、足は勝手にこの店に向かっていた。

「今後ともどうぞご贔屓《ひいき》に」

「……」

高価な商品が売れて上機嫌な店主に見送られ、僕は店を出た。

せっかく買ったものの、これはメイナに直接渡す事はできない。だって今更、どんな顔をして彼女に贈り物をすればいいのだろう。

メイナだって僕からいきなりプレゼントを貰っても困惑するだけだ。番だと言ったり、やっぱり違うと冷たくしたり、かと思えば今度は髪飾りを贈るなんて、僕の自分勝手な行動で彼女を困らせたくない。

けれどやはり、この髪飾りを渡して喜んでいる顔も見たい。

(どうしようもないな)

自分に呆《あき》れつつも、結局髪飾りはメイナに渡す事にした。翌日の朝、僕はラッピングされたその髪飾りをこっそりメイナの部屋の前に置いておく事にしたのだ。彼女宛ての物だという事が分かるよう、『メイナへ』というカードも添えて。

扉の前の廊下に髪飾り入りの小さな箱を置くと、僕は静かに踵《きびす》を返そうとした。

しかしその時、廊下の向こうにキリアンの姿を見つけ、僕は反射的に眉間に皺を寄せる。こんなところで何をしているんだと、自分の事は棚に上げて思う。キリアンの部屋はこの階にはないはず。朝からメイナに何か用だろうか？

遠くにいるキリアンを監視するように見ていると、相手も僕に気づいてにっこりと笑い、軽く会釈《えしゃく》する。こうして見ると本当に好青年だ。僕は一度眉間の皺を消す。

そしてキリアンは僕の側の床に置いてある小さな白い箱にも気づいたようで、次にはそちらに視線を向けた。

けれどそれと同時にメイナの部屋から小さな足音が聞こえてきたので、僕は彼女が廊下に出てくると思い、慌ててそこから去ったのだった。

その後、パトリシア王女の私室に向かって歩いていると、後ろからパタパタと軽い足音が聞こえてきた。漂ってくる香りからしても、きっとメイナだろう。足音からも彼女が興奮気味なのが分かって、僕は密かに笑みをこぼす。

「レイ！」

「メイナ。今朝は何だかご機嫌だね」

何も知らないふりをしようと思ったのに、振り返った時に目に映った彼女の明るい笑顔に僕までつられてしまう。

「レイ、これをくれたのはあなたね？　ありがとう！」

メイナはすでに白い髪飾りを髪につけていた。とても似合っていて可愛いし、素直に喜びを表してくれているのも可愛い。

　僕が贈ったと予想しているようなのに、こうやって喜んでくれるとは思わなかった。驚くと同時に僕まで嬉しくなって、表情が緩むあまり頬が溶けていきそうだ。

　メイナがこんなに喜ぶなら、一つと言わず、あの宝飾品店にあった髪飾りを他にもいくつか買ってくればよかった。

　と、僕がそんな事を考えていると、

「あ！　メイナさん！　その髪飾り、さっそくつけてくれたんですね！」

　後からやって来たキリアンが、唐突にそう声をかけてくる。

「え？」

　メイナも戸惑っているが、僕も動揺した。彼は何を言っているんだ？

「どうしてキリアンがこの髪飾りの事を知ってるの？」

「どうしてって、それを買ってきて、メイナさんの部屋の前にこっそり置いておいたのが僕だからですよ。びっくりしました？」

　キリアンがそんな嘘をつく理由が分からない。

　それにキリアンはさっき僕がメイナの部屋の前に箱を置くのを見ていたとしても、中身が髪飾りだと何故知っているのだろう？　僕が店で髪飾りを買っているところを見ていたのだろうか？　それともメイナと一緒に店に入った時も見られていた？

けれどそうだとして、キリアンは何故街にいたのか。たまたまなのか、それとも意図してメイナや僕のあとをつけていたのか……。

キリアンの思惑は分からなかったが、僕が贈った髪飾りを自分が贈ったと主張された事には、少し腹が立った。

でも、激高《げっこう》するほどじゃない。何故なら、こうやってキリアンに付け込まれる隙を与えてしまっているのは、僕の行動が中途半端なせいだからだ。

メイナにどう対応するか——番だと認めないままでいるのか、認めるのか、どちらか一方に決められない僕にも原因がある。

しかしキリアンの次の発言には、思わず冷静さを失ってしまった。

「メイナさん、初めて会った時から僕に何か感じませんでしたか？　僕もずっとメイナさんに感じるものがあったんですけど、今はもう確信しています。メイナさんは僕の番なんです」

そう言ってキリアンがメイナの手を握った時、僕は燃え上がる炎のような怒りに支配された。

それは獣じみた乱暴な感情だ。

「触るな」

低い声で威嚇《いかく》する。ドラゴン化してキリアンに牙をむかないように、僕は必死に自分を抑えた。ここで姿を変えればメイナが怖がるし、怪我をするかもしれない。

代わりに、キリアンの胸ぐらを摑んで睨みつける。一体どういうつもりだ。メイナを番だと感じていたなんて本当だろうか？

「離してくださいよ」

するとその時、不遜《ふそん》な態度でそう言ったキリアンの目が、ほんの一瞬だが赤く澱《よど》んだ気がした。黒い瞳が、血のような赤に変わった気がしたのだ。

けれど僕がまばたきをしている間に、瞳の色は元に戻っていた。見間違いだろうか？　いや、でも……。

「——そもそもお前、本当に竜人か？」

僕は険しい顔をしたまま詰問《きつもん》した。番が被る事はないから、メイナは僕の番であってもキリアンの番ではない。そして竜人なら番を間違えるはずがない。

それに前からキリアンは竜人らしくないと思っていた。彼はよく分からない部分が多い。

メイナの事を好きだと思うあまり、自分が髪飾りを贈ったと嘘をついたり、メイナの事を番だと思い込んでいるのならまだ可愛げがある。

しかしキリアンにはそんな可愛げはない気がするのだ。彼はそんなに純粋な人物だろうか。

確かに子どものような無邪気さを持っているように思える時もあるが、僕は、キリアンの本質は見た目通りの好青年ではないような気がしてならなかった。

そして僕のキリアンに対するその疑いは、結果的には当たっていた。

ダリオ殿下とパトリシア王女の結婚式の前日に、キリアンは使用人のサリをそそのかして王女を襲わせたのだ。

「メイナ！」

キリアンがメイナを抱いて部屋から姿を消した時、僕は怒りで頭が真っ白になった。

「消えた!?　魔法か！　逃げられた！」

「いや、まだ近くにいる！」

同僚の騎士にそう返しながら、すぐさま部屋を出て廊下を駆ける。メイナはおそらくまだ城の中にいる。気配はそれほど遠くへは行っていない。けれど冷静になれなくて、大体の方向は分かるけれど、具体的にどこにいるのか探るのが難しかった。

（落ち着け）

自分にそう言い聞かせるが、番を奪われた怒りを抑えようと思ってもなかなか上手くいかない。走りながら体の筋肉は細かく痙攣《けいれん》していた。まるでドラゴンに姿を変える直前のように。

それでも何とかメイナの気配に近づいていくと、僕は切羽《せっぱ》詰まった声で叫んだ。

「メイナ、どこだ！」

「レイ!?」

僕の声に反応して、近くの部屋から声が聞こえてきた。

「メイナ！」

しかしそれ以上は何も応えてくれない。声が出せない状況なのだろうか。しかし声が聞こえたのはおそらく資料室からだ。

「ここか⁉」

扉に鍵がかかっているのか確認する時間も惜しくて、僕は扉を蹴り壊す。早くメイナの無事を確認したかった。

薄暗く埃《ほこり》っぽい資料室に入ると、背の高い棚と棚の間にメイナとキリアンはいた。キリアンはメイナを人質にして余裕の笑みを浮かべている。

「やぁ、早かったね」

僕はとっさにメイナの全身に視線を走らせ、怪我がないか確認した。キリアンが彼女に傷をつけていたら十倍以上にして返すつもりだったが、左手以外、怪我が増えている様子はなかった。

しかしメイナの服の襟元は不自然に乱れている。キリアンが彼女に手を出そうとしたのは明白で、僕は怒りで唸《うな》り声を上げそうになる。

しかしどうやってメイナを巻き込まずにキリアンの息の根を止めようかと考えていると、キリアンは意外な行動を取った。メイナの背を押すと、彼女を解放したのだ。

「またいい事考えた。メイナを傷つけるのはやめて、レイを殺そう。今はメイナの方が腹立つから」

「メイナ」

僕は転びそうになりながらこちらに押されてきたメイナを受け止める。愛しい番が自分の腕の中に戻ってきた事にはホッとする。

だけどキリアンに対する怒りはどうにも収まりそうにない。

「あいつを殺してくるから、ちょっと待ってて」

メイナの乱れた襟を直し、白い肌を隠すと、僕は彼女を安心させようとほほ笑んで言った。けれどちゃんと笑えているか分からない。

キリアンは心底楽しそうに言う。

「レイは剣で戦うの？　僕は魔法を使わせてもらうけど。君が剣を振り回すにはここはちょっと狭いから、戦いやすいように移動してもいいよ」

「その必要はない。——メイナ、あそこまで下がって」

キリアンが何故メイナを解放したのか不思議だった。人質がいなくなれば自分は殺される事になるとは思わないのだろうかと。

しかしそう、キリアンは僕にやられるなんて全く考えていないからメイナを解放したのだろう。自分の魔法に自信があるからか、完全に人の事を舐めている。

だけどその油断が命取りになるとは、彼は思っていない。

僕はメイナがちゃんと部屋の隅に離れたのを視界の端で確認し、剣を抜く——……事はなく、代わりに体を震わせた。

「おい――！」

狭い部屋の中だし、キリアンは僕が剣で戦うと思っていたのだろう。しかし大きなドラゴンに姿を変えた僕を見て、意表を突かれたようだった。

「ここ部屋の中だぞ!?」

知るか、そんな事。剣で斬《き》るだけじゃ腹の虫が収まらない。そんな綺麗には倒してやらない。それに怒りを抑えて人の姿でいるのももう限界だ。

僕はキリアンに飛びかかると、油断していた彼に嚙みついた。と同時に顎《あご》に力を込める。キリアンにはまだ聞きたい事があるから全力で相手を嚙み砕いて殺してしまいたい気持ちは何とか抑えたが、それでも口の中ではキリアンの骨が折れる鈍い音が何度か響いていた。

「うぐ……ッ」

キリアンが僕の事を舐めていたせいで、決着はあっという間についた。僕は棚の間から抜け出そうと身をよじり、床を蹴る。そしてその勢いのまま正面の窓に突っ込み、外に出た。

ひどい状態になっているであろうキリアンをメイナの前で口から出すわけにはいかないしちょうどいいと、僕は翼を広げて地面へと降り立つ。

「う……ぐ……っ」

キリアンは呪文を紡いで逃げようとしたが、痛みでまともに口を利《き》けないらしい。冷や汗を流して苦痛に呻《うめ》いている姿を見ると、僕の中の怒りも幾分やわらぎ、冷静さも戻ってきた。

キリアンはサリをそそのかしてパトリシア王女を狙ったわけだし、このまま死んでもらっては困る。

「安心しろ。尋問するためにちゃんと手当てはしてやる」

キリアンがよくする表情を真似して、ドラゴンの姿のまま僕が片方の口角を上げると、キリアンは地面に転がったまま憎々しげに声を漏らした。

「……っ死ね、クソッ……」

「気に入らなかったか？　人を見下している時のお前の顔を真似たんだが」

そこで資料室がある塔の上から仲間の騎士たちがドラゴンに姿を変えて降りてきたので、僕はキリアンの身柄を彼らに預けてメイナのもとに戻る。

けれど資料室まで飛んで、崩壊した窓の奥にいたメイナの姿を見ると、再びキリアンに対する怒りが蘇《よみがえ》ってきた。布を巻いたメイナの左手ににじむ血の染みは徐々に大きくなってきているし、さっき直した襟はまたはだけている。胸元のボタンが取れてしまっているからだ。やっぱりキリアンは殺しておくべきだった。

よほど顔が険しくなっているのだろうか、メイナに自分のマントを巻きつけながら、キリアンに何をされたのかと尋ねる僕を見て、彼女はこちらを落ち着かせるように言う。

「何も。服を引っ張られただけ。大丈夫よ」

イライラしながらも、まずはメイナの手当てが先だと彼女を抱き上げた。彼女は「怪我は後で診てもらうわ。それよりパトリシア様のところに戻らないと」なんて事を言っていたが無視だ。確かに髪を切られたパトリシア王女も心配だが、王女にはダリオ殿下がついているはず。早足で医務室に向かう間、僕は自分を責めていた。キリアンの正体にもっと早く気づければよかった。そうすれば王女は美しい髪を失う事はなかっただろうし、何よりメイナも怪我をする事はなかった。彼女の手は、女性たちの髪を結う大切な手なのに。

王女の近衛騎士としてもふがいなく思うが、メイナの番としても悔しく、思わず奥歯を噛みしめる。

メイナが髪を結えなくなったらどうしよう。彼女が髪結いという生きがいを失い、悲しい思いをする事になったら、僕も一生立ち直れない。

しかし心配している僕とは裏腹に、本人はけろっとした様子で尋ねてくる。

「キリアンが言っていたんだけど、竜人って番の居場所が分かるの？」

「近くなら結構正確に分かるよ」

メイナの怪我が心配で余裕がなかったから、僕は聞かれるまま素直に答えた。

「それに近ければ匂いでもある程度は追える。でも、今回みたいに魔法で移動されると匂いは追えないけどね」

するとメイナは「じゃあやっぱり」と呟いてからこう続けた。

「私って、あなたの番なのね」

僕はぴたりと足を止め、メイナを見る。

彼女の碧い瞳は、確信を持ってまっすぐに僕を見つめ返していた。僕の嘘を言い当てて少し得意そうだ。

その表情を可愛いと思いつつ、僕は目をそらす。

「違うよ。今の話は……僕と君の事じゃない」

情けないけれど、メイナと僕の問題をどうしたらいいのかもう分からなくなっていた。

けれどメイナにとってバクスワルドは過酷な環境である事に変わりはないし、僕がメイナを守りたい気持ちにも変わりがない。

だからやっぱりメイナにはミュランに帰ってもらうのが一番いいんだと、僕は自分に言い聞かせたのだった。


夜が明け、ダリオ殿下とパトリシア王女の結婚式当日になった。

パトリシア王女は昨晩、メイナに髪を短く切ってもらっていた。女性にとってその決断をする事はとても辛い事だろう。大きな葛藤があったはずだ。

けれど『髪を切られた事をチャンスにしてみせる』と言った王女は強い人だと思う。可憐な見た目から、彼女に将来のバクスワルド王妃という地位は荷が重いのではないかと実は少し思ってもいたけれど、そんな事はなさそうだ。彼女は将来の王妃にふさわしく、ダリオ殿下の隣に並び立つ女性として何の不足もない。

短い髪の王女を見て国民がどういう反応を見せるかは分からないが、今日の結婚式が上手くいってほしいと思う。

と、そんな事を考えながらパトリシア王女の寝室前で警備をしていると、廊下の奥からふわりと甘い香りが漂ってきた。メイナが来たのだと分かった僕は、すぐにそちらに顔を向ける。

メイナの怪我の状態を確認しなければと思って。

けれど振り向いた瞬間に、僕は大きく目を見開く事になった。

「メイナ、その髪……」

彼女の艶やかな黒い髪は、肩に触れるか触れないかの長さで切り揃《そろ》えられ、短くなっていたのだ。

「変？」

メイナは明るく笑って言った。僕は慌てて返す。

「いや、とても素敵だよ。でも驚いて……」

長い髪も好きだったからもったいないと思う気持ちもあるものの、彼女の新しい髪型も本当に素敵だった。知的で大人っぽく、短いのに女性らしくて魅力的だ。

だけどまさかメイナまで髪を切るとは思っていなかった僕は、とっさにいい褒め言葉が出てこなかった。

「短い髪も似合ってる。とても可愛い――」

だから僕が動揺しながらもごもごとそんな事を言っているうちに、メイナはさっさとパトリシア王女の寝室に入って行ってしまった。

「……予想もつかない事をする」

メイナがいなくなると、僕は片手で顔を覆って呟いた。

僕の番はとんでもない女性だ。

でも、だから惹かれる。彼女に飽きる事なんて絶対にない。

「メイナには敵《かな》わない」

顔を隠していた手を離し、僕は小さく呟いた。

彼女を愛しいと思う気持ちが、これ以上なく強くなっているのを感じた。


大成功だった結婚式の翌日、僕は休憩に入ると無意識にメイナの居場所を探っていた。彼女が今どこにいるのか、常に把握しておきたいと思ってしまう。

そして彼女が中庭にいると分かると、急いで僕もそこに向かう。また熱中症にでもなったら大変だし、左手の怪我だって治っていないのに。

日傘を差してはいるものの、メイナは陽の当たる中庭を散歩していた。

「まだ昼間は暑いから、あまり外を歩かない方がいいと思うけど」

声をかけると、僕は彼女の右手をそっと引いて日陰に誘導する。

「花を見てたのに。ところでレイは私を見つけるのが上手ね。何故中庭にいると分かったの？」

「たまたま見つけただけだよ」

この期に及んで、僕は言葉を濁した。そしてこれ以上追求されないうちに話を変える。

「新しい髪結師見習いの事だけど、キリアンがああなったからには、また違う人を雇わないといけないいね」

けれどメイナは僕の言葉を否定した。昨日、パトリシア王女に「できればずっとバクスワルドで私を支えてほしい」と言われたから、その気持ちに応えて王女の側にいるつもりなのだと言う。

ミュランに戻る事なくずっとこの国にいるなんてと、僕は密かに顔を青くした。花人であるメイナにとってはひと夏を越える事だって大変だったのに、これから厳しい冬が来て、また夏が来るのだ。それがずっと繰り返されるのに。

「誰かさんと違ってパトリシア様はご自分の気持ちを素直に伝えてくださるから、それに応えたいと思うのよね」

「誰かさんって？」

「あなたよ」

疑問に思う僕に、メイナは、はっきりとした口調で言い放つ。

「レイは私の事を心配してバクスワルドから追い出そうとしているんでしょう？　冷たいかと思えば私の事を心配してきたり、よく分からないあなたの態度に最初は戸惑ったけど、さすがにもう気づいたわ」

そうして彼女は自分の推理を披露して、僕の本当の気持ちを言い当ててみせた。

『異種族恋愛譚』に影響された事も、僕がメイナに冷たい態度を取ったのは彼女の事を心配していたゆえだという事もバレている。彼女は正真正銘《しょうしんしょうめい》、僕の番であるという事も、全て。

そうしてメイナは力強く宣言する。

「もう一度言い直すけど、私の事を心配してバクスワルドから追い出そうとしているならそれは無駄なの。何故なら私はここでやりたい事ができたからよ」

「パトリシア王女を支える事？」

「それもそうだけど、他にも色々あるわ。パトリシア様だけじゃなく、一般の竜人女性たちの髪も整えたいの。これからきっと髪を短くしたいという人が増えるはずだから、彼女たちがちゃんと満足できるように髪を切ってあげたい。だから、いつか城の近くに店を出せたらと思ってる」

メイナの声は希望に満ちていた。

「細かい希望を一人一人聞いて、その人に一番似合う髪型を提案したいの。竜人の女性たちをもっともっと魅力的にしたい。みんなに輝いてほしい」

そう言う彼女の瞳が、何よりも輝いている。

そしてメイナはわくわくしているような表情で、こちらをまっすぐ見つめてきた。

「バクスワルドでやりたい事がたくさんあるの。それを応援してとは言わないけど、邪魔はしないで。私は絶対、まだミュランには帰らないわ」

僕はメイナの意志の強さに圧倒されながら話を聞いていたけれど、彼女が話し終えると、昨日いきなり髪を切ってきたメイナに驚かされた時のように、思わず片手で顔を覆った。

メイナには敵わない。

そう、最初から、愛しい番に敵うはずなんてなかった。

「レイ？」

顔を覆っていた自分の手をどけると、メイナは小首を傾げてこちらを見ていた。

ああ、可愛い。もう知らない。

我慢なんてしないし、嘘もつかない。番にはあらがえないのだ。

「そんなに楽しそうに夢を語る君に、僕はあらがえそうにない」

僕は一歩前に足を踏み出し、苦笑した。そしてメイナを優しく抱きしめる。

ずっとこうしたかった。

「君は僕の今までの努力を簡単に無駄にしてしまうんだから。僕がどんな気持ちで君に『番じゃない』と言ったか、どんな気持ちで君から離れたか、君に冷たくしたか分からないだろう」

「やっぱり私はあなたの番なのね？」

「そうだよ。もちろんそうだ」

事実を認めて、僕は笑った。今まで無駄な努力をしてきた、馬鹿な自分を笑ったのだ。

そうして自分の気持ちを全て打ち明けて、真実を話す。番の事を番だと言い、愛しい気持ちを隠さないでいられる事が、こんなに楽だとは思わなかった。

番じゃないと嘘をついたのもメイナにとってはそれが最善だと考えたからだけど、今となっては本当に無駄な事をしたと思う。こういう結果になるのなら最初からあらがわなければよかった。

だけどはじめはメイナがこんなに仕事熱心で、情熱的で、ちょっと頑固だなんて思わなかったから。

「僕が浅はかだった。君の仕事に対する情熱を見くびってた」

パトリシア王女がメイナをバクスワルドに連れて来てくれた事、感謝しなければならない。メイナと再会しなければ、僕は彼女のこういう一面を知らないままだった。本当の魅力を知らないまま別れる事になっていたのだ。

「――ところで、メイナからこういう話を振ってきたという事は、もう覚悟はできているんだよね？」

「覚悟……？」

僕がにっこり笑うと、メイナは警戒気味に表情を引きしめた。

そんな顔をしたって、残念ながらもう逃してあげる事はできない。

メイナに対する隠し事をなくした僕は、晴れ晴れとした気持ちで言う。

「番に対する竜人の愛は、すごく重いからね。しかもこれからはそれを隠さなくてもいいんだから」

今まで彼女に冷たくしてしまった分の愛を、これから嫌というほど返していこう。

僕はそう考えると、メイナの髪に触れて、手始めにずっと言いたかった事を言う。

「こうやって君の髪に触れて、君の美しい髪を褒め称えたいなとずっと思っていたんだ。長い髪を結っていた時も、今の短い髪も、どちらもとても素敵だよ」

メイナの髪の毛先に自然にキスを落とすと、メイナは顔を真っ赤にして僕の事をちょっと睨んだ。

「そんな可愛い顔しないで」

けれど僕がそう返すと、今度は呆れたようにため息をついたのだった。

ごめんね。これが本当の僕なんだ。

あとがき

三国司《みくにつかさ》です。『髪結師は竜の番になりました（やっぱり間違いだったようです）』をお読みいただきありがとうございます！

メイナとレイの物語はいかがでしたでしょうか？　私が書く恋愛小説のヒーローは、ヒロインに執着気味でわりと面倒臭い性格をしている場合が多いのですが、レイもれなくそんな感じです。見た目は爽やかな王子様のようですが、メイナを愛するあまり色々こじらせています。

しかしヒロインのメイナは髪結い大好きな仕事人間という、ちょっとレイにとって可哀想な組み合わせになりました。

レイはただメイナと仲よくラブラブできれば幸せなのですが、お仕事大好きなメイナは大人しくラブラブさせてくれないという……。

さて、今回はメイナの職業が髪結師という事で、私は美容師でもないんでもないのですが、昔から髪については試行錯誤してきたので、それが活かせる話になりました。

というのも私はくるっくるのくせ毛なので、毎朝結んだり、編み込んだり、アイロンで伸ばしたり、いっそ巻いてみたり、色々しなければとても外には出られないのです。くるっくるなので。くるっくるのバッサバサなので。

自分のコンプレックスを作品に昇華できてよかったと思います。けれどできれば私もパトリシアのように、メイナに毎日ケアしてもらって、髪をおしゃれに結ってもらいたいです。

そして最後になりますが、改めてこの作品を読んでくださった読者様、ありがとうございます！　皆様がレイの事をどう思っているのか、果たして格好いいと思ってくださったのか心配です。

また、イラストを担当してくださったアオイ冬子様にも感謝申し上げます。とても可愛いメイナと格好いいレイを描いてくださり、私の文章だけでは足りない華やかさと爽やかさを作品に足してくださいました。

そして連載中にいち早く声をかけてくださったＰＡＳＨ！ブックス編集部の皆様、優しい担当編集者様、作品の出版に関わってくださった全ての関係者様、どうもありがとうございました。

それではまたどこかでお会いできますように！

この本を読んでのご意見・ご感想・ファンレターをお待ちしております。
〈宛先〉　〒104-8357　東京都中央区京橋 3-5-7
（株）主婦と生活社　PASH！編集部
「三国 司先生」係
※本書は「小説家になろう」（http://syosetu.com）に掲載されていたものを、改稿のうえ書籍化したものです。

PB PASH!ブックス

髪結師は竜の番になりました（やっぱり間違いだったようです）

2019年7月8日　1刷発行

著　者	三国 司
編集人	春名 衛
発行人	倉次辰男
発行所	株式会社主婦と生活社 〒104-8357　東京都中央区京橋 3-5-7 03-3563-2180（編集） 03-3563-5121（販売） 03-3563-5125（生産） ホームページ　http://www.shufu.co.jp
製版所	株式会社二葉企画
印刷所	大日本印刷株式会社
製本所	株式会社若林製本工場
イラスト	アオイ冬子
デザイン	井上南子
編集	江川美穂

ISBN978-4-391-15296-8